Karl Olsberg

Das Dorf

Band 12: Schleim

Published by Karl Olsberg
c/o Briends GmbH, 22041 Hamburg
www.karlolsberg.de

Gewidmet Alan Turing,
dem Pionier der
Künstlichen Intelligenz

1. Ein ganz besonderer Tag

Mit ernster Miene blickt Magolus, der Priester – pardon, der Oberste Hohepriester von Allen – über die Dorfgemeinde, die sich wie immer zum Notchdienst in der kleinen Kirche im Dorf am Rand der Schlucht zusammendrängt. Birta, seine treue Gehilfin, sieht andächtig zu ihm auf, während die anderen eher gelangweilt dreinschauen. Primo ermahnt seinen Sohn Nano, der gerade in Richtung von Kolles Tochter Maffi Grimassen schneidet, mit dem Unsinn aufzuhören.

Magolus wirft ihm einen strengen Blick zu, bevor er mit dröhnender Stimme seine Predigt beginnt: „Liebe Gemeinde, Notch, unser Herr, ist mir heute Nacht im Traum erschienen. Und er sprach zu mir: Mein Sohn, es ist mir eine große Freude, dass du mein treuer Diener und Oberster Hohepriester von Allen bist. Deshalb sollen alle Dorfbewohner den Tag ehren, an dem du geboren wurdest."

„Hört, hört!", ruft Birta dazwischen, während Nano mit den Augen rollt und Maffi die Zunge herausstreckt, was ihm einen strengen Blick seiner Mutter Golina einbringt.

„Somit habe ich beschlossen, dass wir ab sofort den Tag meiner Geburt mit einem großen Fest begehen", fährt Magolus fort. „Es soll ein ganz besonderer Tag werden. Es wird ein Festmahl geben, und ihr dürft mir alle als Zeichen eurer Bewunderung und Verehrung Geschenke machen!“

Ein Raunen geht durch die Kirche. Die Dorfbewohner sehen sich verwundert an.

„Spinnt der jetzt?“, fragt Olum, der Fischer seinen Nachbarn, den Bauern Kaus. „Wir sollen ihm Geschenke machen?“

„Also, ich finde die Idee ja gar nicht so schlecht“, erwidert Kaus. „Wir könnten ja auch den Tag feiern, an dem ich geboren wurde, und dann könnt ihr mir auch alle ...“

„Moment, wenn hier einer Geschenke kriegt, dann ja wohl ich!“, meldet sich Hakun, der Fleischer, zu Wort. „Immerhin versorge ich das ganze Dorf mit Fleisch!“

„Du?“, fragt Jarga, die Schäferin. „Erst verlangst du fünf Smaragde für ein einziges Ei, und jetzt willst du auch noch Geschenke haben?“

Primo erinnert sich mit Unbehagen an die Zeit, als jeder im Dorf nur noch an die Smaragde dachte, die der böse Graf mit falscher Großzügigkeit verteilt hatte, um Zwietracht zu säen. Inzwischen sind alle wieder zu dem Tauschhandel zurückgekehrt, der vorher herrschte – Hakun beliefert zum Beispiel das Dorf mit Fleisch und erhält dafür von Olum Fische, von Kaus Brot und von Jarga Wolle. Doch nicht alle Wunden, die in jenen finsteren Tagen aufgerissen wurden, sind schon völlig verheilt. Erst heute Morgen hat sich Golina schon wieder darüber beschwert, dass die Schmiede seines Vaters, in der sie wohnen, eigentlich viel zu klein für drei Personen und einen Wolf sei.

„Ruhe!“, schimpft Birta. „Dies ist das Haus Notchs!“

„Wann soll denn das eigentlich sein, dieses Festmahl?“, will Olum wissen. „Ich krieg jetzt schon Hunger, wenn ich daran denke.“

„Ja, Oberster Hohepriester von Allen, wann genau bist du eigentlich geboren worden?“, fragt Birta.

Magolus blickt sie mit großen Augen an. „Wann ich geboren bin? Also, äh, in drei Tagen, würde ich sagen.“

„In drei Tagen?“, fragt Olum. „Aber du bist doch schon da. Wie kannst du da erst in drei Tagen geboren werden?“

„Ich meine, äh, in drei Tagen vor langer Zeit. Also ist in drei Tagen das Festmahl zum Gedenken an dieses wunderbare Ereignis, durch das diesem Dorf so viel Glanz geschenkt wurde. Birta wird die Vorbereitungen organisieren. Und nun gehet hin und denkt darüber nach, was ihr mir schenken wollt!“

Wie üblich versammeln sich die Dorfbewohner nach dem Notchdienst vor der Kirche, um noch ein wenig zu plaudern.

„Fein, ein Fest!", ruft Hakun. „Endlich mal eine gute Idee, die Magolus da hatte."

„Und was wirst du ihm schenken?", fragt Birta.

„Schenken?", ruft Hakun verdutzt aus.

„Ihr habt es doch gehört: Jeder von uns muss Magolus etwas schenken!"

„Na gut, ich schenke ihm ein Schnitzel."

„Pssst!", macht Birta. „Nicht so laut, es soll doch eine Überraschung sein!"

„Und was schenkst du mir?", fragt Kaus.

„Dir? Wieso denn dir?"

„Na, ich bin doch auch vor langer Zeit geboren worden. Also ist mein Geburtstag auch in drei Tagen."

„Moment mal, dann ist ja auch meiner in drei Tagen!", ruft Hakun aus.

Schnell sind sich alle einig, dass die Sache mit dem Fest eine gute Idee ist und dass eigentlich jeder an diesem Tag Geburtstag hat und von den anderen Geschenke kriegen sollte. Nur Magolus grummelt; er scheint nicht begeistert von der Idee zu sein, dass sein Ehrentag plötzlich auch der Ehrentag aller anderen Dorfbewohner ist. Aber es gelingt ihm nicht, die anderen von ihrer Idee abzubringen, und so stimmt er schließlich zu.

„Oh du meine Güte, was schenke ich bloß?", fragt Golina mit sorgenvoller Miene, als sie mit Primo und

Nano nach Hause geht. Dann hellt sich ihre Miene auf. „Ich hab's! Ich koche Pilzsuppe! Dann kann ich jedem einen Teller davon schenken! Schließlich mochte der Graf sie sehr gerne, und man kann über ihn sagen, was man will, aber er hatte Stil!"

Primo schweigt. Er bringt es nicht übers Herz, seiner Frau zu sagen, dass der böse Graf nur so getan hat, als möge er ihre Pilzsuppe. Auch er selbst ist nicht unbedingt ein Fan der faden, braunen Brühe.

„Und du?", fragt sie. „Was willst du denn den anderen schenken?" Sie kichert. „Nein, sag's nicht! Ich will, dass es eine Überraschung für mich wird!"

Erst jetzt wird Primo klar, dass er ein Problem hat: Golina erwartet ein Geschenk von ihm. Und es muss natürlich etwas Besonderes sein. Schließlich ist sie seine Frau, und er liebt sie von ganzem Herzen. Aber womit könnte er sie überraschen? Er hat ihr doch schon den Stern geschenkt, den er in der Höhle im Land der Federköpfe gefunden hat, nachdem sie die dreiköpfige Schlange besiegt hatten. Er hat ein kleines bisschen geflunkert, als er ihr erzählte, dass er den Stern extra für sie vom Himmel geholt hat. Bestimmt erwartet Golina jetzt etwas noch Schöneres von ihm, schließlich hat sie ja Geburtstag.

„Ich habe keine Ahnung, was ich Golina schenken soll", sagt er, als er später nach dem Mittagessen - es gab Pilzsuppe - seinen besten Freund Kolle trifft.

„Ich weiß auch nicht, womit ich Margi überraschen könnte", gibt Kolle missmutig zurück. „Ich glaube, das mit dem Geburtstag ist eine ziemlich blöde Idee gewesen."

„Schenk ihr doch ein Buch", sagt Primo. „Sie liest doch gern, und ein Buch ist immer ein gutes Geschenk."

„Aber sie kennt doch schon alle Bücher in der Bibliothek!" Kolle seufzt. „Wo krieg ich jetzt bloß ein Geschenk her? Was mach ich bloß?"

„Ich habe eine Idee", ruft Primo aus. „Wir fragen Ruuna! Wenn jemand gute Ideen hat, dann sie!"

„Ich weiß ja nicht." Kolle blickt skeptisch drein.

Zugegeben, Ruunas Ideen sind zwar immer originell, haben aber oft unerwünschte Nebenwirkungen. Trotzdem erscheint es Primo die beste Idee zu sein, und Kolle, dem auch nichts Besseres einfällt, stimmt schließlich zu.

Also schleichen sich die beiden in den Wald - schließlich dürfen ihre Frauen nicht wissen, dass sie eine Überraschung planen - und machen sich auf den Weg zu der einsamen Hütte, in der die Hexe Ruuna und ihr Freund Willert wohnen.

Als Ruuna von der Geburtstagsparty hört, ist sie sofort begeistert.

„Au ja! Au ja! Eine Überraschungsparty!", ruft sie und hüpft vor Vergnügen im Kreis.

„Hast du eine Idee, was ich Golina schenken könnte?", fragt Primo.

„Klar", erwidert die Hexe. „Schenk ihr doch einen giftigen Pilz! Sieht gut aus und ist praktisch, wenn man mal jemanden vergiften will."

Primo rollt mit den Augen. „Ich meinte eher etwas, womit ich ihr zeigen kann, dass ich sie liebe."

„Hm ..." Ruuna denkt angestrengt nach. „Ich hab's! Ich habe da ein bisschen mit Farben experimentiert." Sie zwinkert ihm zu. „Na, fällt es dir auf?"

Jetzt, wo sie ihn darauf hinweist, fällt Primo tatsächlich auf, dass Ruuna anders aussieht als sonst. Über ihren Augen sind seltsame Schatten, ihre Haut sieht rosig aus und ihre Lippen sind ganz rot.

„Bist du krank?", fragt Primo.

„Krank? Ich? Nein. Ich habe mich nur ein bisschen im Gesicht angemalt. Sieh mal, mit diesem in rote Farbe getauchten Holzstück habe ich mir die Lippen verschönert, und mit diesem rosa Pulver meine Wangen gefärbt. Und die Schatten unter den Augen habe ich mit Kohle gemacht. Hübsch, oder?"

„Ähm, nun, na ja ..."

„Du könntest doch Golina solche Gesichtsfarben schenken. Ich zeige dir, wie man sie herstellt, wenn du willst."

Primo schüttelt den Kopf. Die Vorstellung, dass eine Frau ihr Gesicht anmalt, um hübscher auszusehen, kommt ihm völlig absurd vor. Sowas kann wirklich nur einer durchgeknallten Hexe einfallen!

„Lieber nicht“, sagt er. „Sonst denkt sie noch, ich finde sie nicht hübsch, so, wie sie ist.“

„Hm, auch wieder wahr“, gibt Ruuna zu.

„Wir könnten unseren Frauen neue Kleider schenken“, schlägt Kolle vor.

„Neue Kleider? Aber Margi und Golina haben doch schon so viele davon!“, wendet Primo ein.

„Ja, schon, aber vielleicht in einer neuen Farbe ... Ist dir nicht auch aufgefallen, dass die Welt in letzter Zeit bunter geworden ist?“

„Bunter? Weiß nicht ...“

„Das ist eine gute Idee!“, ruft Ruuna. „Und ich weiß eine Kleiderfarbe, die die beiden garantiert noch nicht haben!“

„Wirklich?“, fragt Primo skeptisch. „Welche denn?“

„Unsichtbar!“, ruft Ruuna aus. „Pass auf, ich zeig's dir!“

Sie holt ein braunes Kleid aus einer Kiste, dann nimmt sie ein Fläschchen mit einem Trank aus einem Regal und spritzt etwas davon auf das Kleid, das plötzlich verschwindet.

Primo greift danach. Tatsächlich, das Kleid ist noch da, man sieht es nur nicht mehr.

„Wow!“, ruft Primo aus. „Das ist ja genial! Eine tolle Idee! Über diese Überraschung wird sich Golina ganz bestimmt freuen! Danke, Ruuna!“

„Äh, Primo, wenn das Kleid unsichtbar ist, dann ...“, beginnt Kolle, doch Primo ist so begeistert, dass er gar nicht zuhört. Ein unsichtbares Kleid ist das perfekte Geschenk!

Kolle bittet Ruuna, ein Kleid in die rote Farbe zu tauchen, die sie für ihre Lippen verwendet hat.

„Ich glaube, diese Farbe hat Margi noch nicht“, sagt er.

Umso besser, denkt sich Primo. Dann hat Golina als Einzige im Dorf ein unsichtbares Kleid!

Die beiden bedanken sich überschwänglich bei Ruuna für ihre Hilfe und kehren gut gelaunt ins Dorf zurück.

„Siehst du, es war eine gute Idee, dass wir zu Ruuna gegangen sind“, meint Primo. „Sie weiß immer einen Rat!“

„Ja“, stimmt Kolle zu. „Aber was schenken wir jetzt den anderen?“

„Welchen anderen?“

„Na, Magolus und Birta und Olum und Kaus und deinem Vater und meinen Eltern und all den anderen. Die haben doch auch alle Geburtstag!“

„Auweia“, stöhnt Primo.

2. Eine schöne Bescherung

Am übernächsten Tag wird auf der Wiese neben der Schlucht das Fest vorbereitet. Birta, die inzwischen schon Übung damit hat, kommandiert alle anderen herum und sorgt dafür, dass Tische und Stühle aufgebaut werden. Auf einem extragroßen Tisch, der etwas abseits steht, können die Dorfbewohner ihre Geschenke ablegen. Bald quillt der Tisch über von ihren Gaben: Gegrillte Steaks, Brote, Kuchen und gebratene Fische, deren Urheber leicht zu ermitteln sind. Auch die bunten Wollknäuel, die Jarga dort hingelegt hat, Porgos Gartengeräte und der Stapel mit Büchern, den Kolles Vater spendiert hat, könnten von niemand anderem stammen.

Primo und Kolle haben sich etwas ganz Besonderes einfallen lassen: Sie sind in die Höhle unter dem Dorf gegangen und haben nach Gold gesucht, das sie im Schmiedeofen von Primos Vater eingeschmolzen und in kleine Nuggets gegossen haben – für jeden im Dorf eines. Nur Margi und Golina bekommen jeweils das Kleid, das Ruuna ihnen gegeben hat.

„Müsste nicht eigentlich jeder von uns jedem Dorfbewohner etwas schenken?", fragt Kolle, als sie die Nuggets auf den Tisch legen.

„Tun wir doch. Wir haben gemeinsam nach Gold gesucht. Ich habe dir den Rücken freigehalten, als du gegen den Knallschleicher und die beiden Nachtwandler gekämpft hast. Dafür hast du mich festgehalten, als ich beinahe in die Tiefenschlucht gefallen wäre. Wir sind ein gutes Team, findest du nicht?"

„Ja, schon."

„Na, dann ist es doch nur fair, dass wir auch als Team jedem was schenken."

„Na, wenn du meinst ..."

In diesem Moment kommen Ruuna und Willert hinzu. Letzterer trägt eine große Kiste.

„Was ist denn da drin?", fragt Primo. „Und wieso hast du die Kiste in buntes Papier gewickelt?"

„Das ist mein Überraschungsgeschenk", erklärt die Hexe. „Es ist von Willert und mir für euch alle zusammen. Ich habe es eingepackt, damit man nicht gleich sieht, was es ist. Also, erst morgen aufmachen!"

Willert stellt die Kiste auf den Gabentisch, dann verschwinden die beiden wieder im Wald.

„Hm, keine schlechte Idee, das Geschenk in buntes Papier zu packen", findet Kolle. „Das sieht hübsch aus! Meinst du, wir sollten unsere Goldnuggets auch einpacken? Und die Kleider?"

„Ach was", meint Primo. „Die sehen auch so hübsch aus." Er grinst. „Und Golinas Kleid wird eine wirkliche Überraschung! Das sieht man nämlich gar nicht."

„Stimmt. Wo hast du es denn hingelegt?“

„Da drüben ... glaube ich ...“

Primo betastet den Geschenkestapel. Hier irgendwo muss das Kleid doch liegen! Er gerät in Panik, als er es nicht findet. Doch dann ertastet er schließlich den unsichtbaren Stoff, der genau auf Olums Fischen liegt, die schon länger in der Sonne liegen und bereits etwas streng riechen. Erleichtert atmet er aus.

„Hast du die vielen Geschenke gesehen?“, fragt Golina ihn abends.

„Klar“, sagt Primo.

„Von wem wohl diese kleinen goldenen Körnchen sind? Die sind wirklich hübsch, und sie sehen richtig wertvoll aus.“

„Äh, keine Ahnung.“

„Und dann habe ich da ein wunderschönes rotes Kleid gesehen ... Hach, so eins hätte ich auch gerne! Aber das ist ja ganz bestimmt nicht für mich.“ Sie blickt ihm tief in die Augen. „Oder?“

„Äh, nein, ich ... ich glaube nicht.“

Golina wirkt enttäuscht. Primo verkneift sich ein Grinsen, als er daran denkt, was sie für Augen machen wird, wenn sie ihr noch viel tolleres unsichtbares Kleid bekommt.

„Hach, ich bin so aufgeregt“, sagt sie. „Ich weiß gar nicht, ob ich heute Nacht schlafen kann!“

Doch sie fällt schon bald in tiefen Schlaf. Primo dagegen liegt noch lange wach. Immer wieder stellt er sich vor, wie ihn Golina glücklich anlächelt und ihn zärtlich küsst, nachdem er ihr das Geschenk überreicht hat. Wer weiß, vielleicht entsteht bei diesem Kuss ja noch ein kleiner Dorfbewohner, ein süßes Mädchen vielleicht, so wie Maffi ...

Mitten in der Nacht schreckt Primo aus dem Schlaf. Schweiß steht ihm auf der Stirn. Er hatte einen schlimmen Alptraum: Golina hatte ihr neues unsichtbares Kleid an und lief damit stolz durchs Dorf, doch alle Dorfbewohner zeigten mit dem Finger auf sie und lachten sie aus! „Die ist ja ganz nackt!", riefen sie.

Ein eisiger Schreck durchfährt ihn, als ihm klar wird, dass der Alptraum wahr ist: Wenn Golina ein Kleid trägt, das man nicht sieht, dann sieht es wirklich so aus, als wäre sie nackt! Das war es wohl, was Kolle ihm zu sagen versuchte, als sie bei Ruuna waren. Aber Primo hat wieder mal nicht zugehört.

Oh nein! Was soll er jetzt bloß machen? Er kann ihr auf keinen Fall so etwas Unnützes schenken wie ein unsichtbares Kleid!

Leise steht er auf und schleicht sich aus dem Haus. Der Mond steht hoch am Himmel und wirft sein fahles Licht auf das Dorf, das friedlich daliegt. In der Ferne stöhnt ein Nachtwandler, doch Asimov, der

Golem sorgt dafür, dass sich kein Monster in die Nähe wagt.

In den Schatten der Häuser huscht Primo in Richtung der Schlucht, wo das vermaledeite Kleid auf dem Gabentisch liegt. Er hat vor, es vom Tisch zu nehmen und in die Schlucht zu werfen, damit Golina es auf keinen Fall findet. Aber was dann? Alle im Dorf bekommen von jedem etwas geschenkt, nur er hat nichts für Golina!

Das ist bloß Ruunas Schuld! Die Hexe und ihre vermaledeiten Ideen! Erst schlug sie vor, dass er Golina Gesichtsfarbe schenken soll, und dann auch noch ein unsichtbares Kleid! Wie konnte er nur so dumm sein, auf sie zu hören?

Was wohl in der bunt verpackten Kiste ist, die Ruuna und Willert gestern gebracht haben? Bestimmt auch bloß wieder irgendein Unfug! Womöglich sogar etwas Gefährliches, das vielleicht explodieren kann oder so. Das würde zu der Hexe passen! Vielleicht sollte er lieber mal nachsehen, was in der Kiste ist, bevor es morgen zu einer Katastrophe kommt. Schließlich ist er der offizielle Dorfbeschützer und trägt die Verantwortung für die Sicherheit des Dorfes.

Eine Bewegung reißt ihn aus seinen Gedanken. Da vorn huscht eine Gestalt die Dorfstraße entlang in Richtung der Schlucht. Wer mag das sein? Kolle vielleicht? Womöglich hat er auch Zweifel wegen des roten Kleides, das er Margi schenken wollte ...

Nein, das ist nicht Kolle. Als die Gestalt ins Mondlicht tritt, erkennt Primo die violette Robe des Priesters. Was macht Magolus mitten in der Nacht hier? Hat er vielleicht vergessen, seine Geschenke für die anderen auf den Tisch zu legen?

Vorsichtig schleicht Primo hinter Magolus her und versteckt sich hinter ein paar Erdblöcken, von wo aus er den Priester beobachtet.

Magolus bleibt vor dem Gabentisch stehen. Er scheint mit sich selbst zu reden, denn er murmelt leise Worte, die Primo nur mit Mühe verstehen kann.

„Das ist ja eine schöne Bescherung! Das sollte doch mein Ehrentag sein, und jetzt kriegen die anderen auch alle Geschenke ... Vielleicht sollte ich ihnen erzählen, dass Notch mir im Traum erschienen sei und gesagt habe, dass alle Geschenke nur mir gehören ... Aber was soll ich mit dem ganzen Krempel? Schnitzel, Eier, Kuchen, Brot, stinkende Fische, das gibt es doch auch sonst einfach so ... Moment, was ist das? Eine Kiste, in buntes Papier gepackt! Das ist hübsch! Und es gibt nur eine davon, also ist sie nur für mich! Bestimmt ist sie von der guten Birta. Hach, wie lieb! ... Was da wohl da drin ist? Ob ich mal reinschauen sollte?“

Magolus scheint eine Weile mit sich zu ringen, doch schließlich siegt seine Neugier, und er packt das Geschenk vorsichtig aus. Eine Holzkiste kommt zum Vorschein, aus der eine Menge spitzer Objekte herausragen, die so ähnlich aussehen wie Pfeile.

„Was ist denn das für ein Unsinn?", murmelt Magolus. „Was soll ich denn mit einer Kiste voller Pfeile? Aber vielleicht ist ja noch mehr in der Kiste ... Wenn ich nur besser sehen könnte ..."

Magolus holt eine Fackel hervor und zündet sie an. Dann beugt er sich über die Kiste, um hineinzusehen.

Primo bekommt plötzlich ein mulmiges Gefühl. Er springt aus seinem Versteck hervor.

„Magolus!", ruft er. „Geh lieber nicht so nah mit der Fackel an die ..."

„Waaah!", macht Magolus vor Schreck und lässt die Fackel los, die genau auf die Kiste fällt.

Es beginnt zu zischen, und Funken sprühen hervor. Der Priester schlägt erschrocken nach der Kiste und wirft sie zu Boden.

Im nächsten Moment schießt ein waagerechter Feuerstrahl daraus hervor, und etwas Buntes kommt genau auf Primo zugeflogen. Er kann sich gerade noch zu Boden werfen. Zischend schießt eine leuchtende Kugel über ihn hinweg, trifft einen Baumstamm und explodiert in einer Wolke von bunten, glitzernden Sternen. Sofort geht der Baum in Flammen auf.

Immer mehr Feuerstrahlen schießen aus der Kiste, und brennende Kugeln fliegen in alle Richtungen, bevor sie auf Sträucher, Bäume und Hausdächer prallen und explodieren. Entsetzt muss Primo mit ansehen, wie mehrere Häuser in Flammen aufgehen.

„Feuer!", schreit Magolus. „Hilfe! Es brennt! Es brennt!"

Als die Kiste endlich aufhört, Feuerstrahlen zu spucken, kommt Asimov den Dorfweg entlang gerannt.

„Was habt ihr denn jetzt schon wieder angestellt, ihr Unglücksnasen?", ruft er.

Der Golem schnappt sich einen Eimer, der neben dem brennenden Haus von Kaus, dem Bauern steht, und rennt zum Brunnen. Dort füllt er den Eimer mit Wasser und rennt zu einem der brennenden Häuser, wobei er ein jaulendes Alarmgeräusch ausstößt, das klingt wie „Tatütata". Als er das Wasser auf das Hausdach spritzt, hören einige der Blöcke auf, zu brennen.

„Was steht ihr da rum und glotzt?", ruft Asimov Primo und Magolus zu. „Los, weckt die anderen! Und dann schnappt euch einen Eimer und helft mir!"

Das reißt Primo endlich aus seiner Schreckensstarre. Er rennt durch die Dorfstraße und brüllt: „Feuer! Feuer! Kommt alle aus den Häusern! Es brennt! Es brennt!"

Nach und nach stolpern schlaftrunkene Dorfbewohner auf die Straße. Als sie die Flammen aus den Hausdächern schlagen sehen, laufen sie in Panik umher und rufen wild durcheinander.

„Hilfe! Mein Haus brennt!“

„Artrax hat das Dorf angegriffen!“

„Quatsch, Artrax ist doch im Ende gefangen!“

„Tut doch was! Meine Bücher! Meine schönen Bücher!“

Primo rennt zur Schmiede und weckt Golina und Nano. Dann nimmt er sich einen Eimer, füllt ihn mit Flusswasser und hilft dabei, die Bibliothek zu löschen, die lichterloh brennt.

Als die Sonne aufgeht, wird das ganze Ausmaß der Katastrophe sichtbar. Zwar wurde nicht das ganze Dorf zerstört wie beim Angriff der Knallschleicher, die Artrax aus Rache angelockt hatte. Doch mehrere Häuser sind schwer beschädigt, und die Bibliothek, in der Kolle mit Margi, Maffi und seinen Eltern Nimrod und Delfina gewohnt hat, ist nur noch eine verkohlte Ruine. Primos einziger Trost ist, dass auch das unsichtbare Kleid verbrannt ist, zusammen mit all den anderen Geschenken.

In diesem Moment kommen Willert und Ruuna aus dem Wald. Die Hexe sieht sich um. Dann ruft sie empört: „Habt ihr etwa ohne uns angefangen?“

3. Die Verhandlung

„Du!“, ruft Magolus und zeigt auf Ruuna. „Du warst das!“

„Was war ich?“, fragt die Hexe.

„Du hast dieses heimtückische Paket in unser Dorf geschmuggelt! Du hast einen hinterhältigen Anschlag auf den Frieden unseres Dorfes geplant, und das ausgerechnet an meinem Ehrentag!“

Wütendes Gemurmel erhebt sich von den anderen Dorfbewohnern, die alle zusammengekommen sind.

„Das ist ja wieder mal typisch!“

„War ja klar, dass es die Hexe war!“

„Ich habe schon immer gesagt, dass sie nicht in unserem Dorf wohnen sollte.“

„Aber sie wohnt doch gar nicht in unserem Dorf.“

Ruuna blickt betreten in die Runde. „Habe ich gar nicht“, verteidigt sie sich.

„Hast du wohl!“, keift Birta.

„Hab’ ich nicht!“

„Hast du wohl!“

„Hab’ ich nicht!“

„Ruuna kann nichts dafür“, meldet sich Primo zu Wort. „Es war Magolus, der das Paket geöffnet und angezündet hat!“

Magolus protestiert heftig, doch Primo lässt sich nicht beirren und erzählt, was er gesehen hat: „Also, ich bin heute Nacht aufgewacht und wollte schnell das unsichtbare Kleid, das ich für Golina ... ich meine, ich wollte ein bisschen frische Luft schnappen, da habe ich Magolus gesehen, wie er sich zur Schlucht geschlichen hat. Dann hat er das Paket aufgemacht und seine Fackel ist ihm, äh, aus der Hand gerutscht, und da ist das Paket explodiert!"

„Das ist eine bösartige Unterstellung!", ruft Magolus. „Und außerdem wollte ich nur sichergehen, dass sich niemand heimlich eins von meinen ... von den Geschenken genommen hat."

„Magolus kann gar nicht schuld sein", erklärt Birta. „Schließlich ist er der Oberste Hohepriester von Allen!"

„Na und?", ruft Margi. „Was hat das denn damit zu tun?"

„Ich bleibe dabei", ruft Magolus wütend. „Diese Katastrophe konnte nur passieren, weil Ruuna in heimtückischer Absicht ein mörderisches Explosionspaket zwischen den Geschenken versteckt hat! Ich bestimme hiermit, dass sie unser Dorf nie wieder betreten darf!"

Ruuna bricht in Tränen aus. „Nie wieder?", ruft sie.

„Ja, nie wieder!", ruft Birta, die sich darüber zu freuen scheint.

„Halt, nicht so schnell!", mischt sich Primos Vater Porgo ein. „Magolus, du bist zwar unser Priester ..."

„Oberster Hohepriester von Allen, bitte", unterbricht Birta.

„... aber das gibt dir noch lange nicht das Recht, alleine zu entscheiden, wer das Dorf betreten darf und wer nicht. Wenn überhaupt, dann müssen wir alle darüber abstimmen. Aber vorher möchte ich vorschlagen, dass wir die Sache gründlich von allen Seiten beleuchten. Magolus, da du selbst in die Sache verwickelt bist, bist du befangen. Daher kann Birta die Anklage gegen Ruuna vertreten. Ich selbst werde die Verteidigung übernehmen. Wenn die Beweisaufnahme abgeschlossen ist und Birta und ich unsere Plädoyers gehalten haben, können die übrigen Dorfbewohner das Urteil fällen."

„Warum kann ich nicht Ruuna verteidigen?", fragt Primo. „Ich habe schließlich gesehen, was passiert ist."

„Eben drum", sagt sein Vater. „Du bist ein wichtiger Zeuge der Verteidigung."

Alle sind mit diesem Vorschlag einverstanden. Sogar Magolus stimmt zu.

„Also, dann last uns anfangen. Birta, du kannst deinen ersten Zeugen aufrufen."

„Ich rufe Magolus, unseren geschätzten und unfehlbaren Obersten Hohepriester von Allen in den

Zeugenstand. Magolus, bitte berichte, was geschehen ist."

Magolus erzählt langatmig, wie er aus Sorge um das Dorf nicht schlafen konnte, wie Notch ihm angeblich gesagt hat, er solle zur Schlucht gehen und nach dem Rechten sehen, und wie er durch seinen heldenhaften Einsatz in letzter Minute verhinderte, dass die heimtückische Bombe der Hexe das ganze Dorf zerstörte. Primo will mehrmals dazwischenrufen, dass der Priester lügt, doch Porgo wirft ihm einen scharfen Blick zu, mit dem er ihn zum Schweigen bringt.

Nachdem er geendet hat, sagt Porgo: „Nun werde ich als Verteidiger dem Zeugen einige Fragen stellen. Magolus, das Paket auf dem Tisch war in buntes Papier eingepackt, richtig?"

„Äh, ja."

„Woher wusstest du dann, dass es eine Bombe war?"

„Äh, nun, na ja, es kam mir eben verdächtig vor. Schließlich war es das einzige Geschenk, das in buntes Papier verpackt war."

„Und ist das Paket sofort explodiert, als du es geöffnet hast?"

Magolus schweigt einen Moment und wirft einen hilfesuchenden Blick zu Birta.

„Einspruch!", ruft seine Gehilfin. „Die Frage tut nichts zur Sache!"

„Und ob sie das tut!“, widerspricht Primo. „Magolus soll die Frage des Herrn Verteidigers beantworten. Und wenn er es nicht tut, dann werde ich es tun, denn schließlich war ich dabei!“

Die anderen Dorfbewohner nicken zustimmend.

„Magolus?“, fragt Porgo. „Ist das Paket sofort explodiert, als du es geöffnet hast, ja oder nein?“

„Äh, also, nun ja, ich glaube, vermutlich eher nicht.“

„Ich habe keine weiteren Fragen. Ich rufe nun Primo in den Zeugenstand.“

„Wohin?“, fragt Primo verwirrt.

Sein Vater geht nicht darauf ein. „Bitte erzähle uns noch einmal, was du gesehen hast.“

Primo erzählt alles wahrheitsgetreu.

„Das Paket ist also erst explodiert, als Magolus die Fackel hat fallen lassen, nachdem du ihn erschreckt hast, Primo?“

„Äh, ja, ich glaube, so war es.“

„Und das Paket ist dabei vom Tisch gefallen, richtig?“

„Ja.“

Porgo wendet sich an Ruuna. „Gehe ich richtig in der Annahme, dass das Paket ein Feuerwerk enthalten hat, das du zu Ehren des Geburtstags aller Dorfbewohner entzünden wolltest, um uns allen eine Freude zu machen?“

Ruuna nickt. „Es sollte eine Überraschung sein!"

„Also können wir davon ausgehen, dass das Ganze ein Versehen war. Weder wollte Ruuna das Dorf zerstören noch wollte Magolus das Paket zum Explodieren bringen. Niemand ist an dieser Katastrophe schuld!"

Die Dorfbewohner nicken zustimmend. Ruuna wirkt erleichtert. Auch Primo fällt ein Stein vom Herzen. Er ist froh, dass sein Vater Ruunas Verteidigung übernommen hat – klug, wie er ist, hat er genau das Richtige gesagt.

Doch in diesem Moment meldet sich eine metallische Stimme zu Wort: „Darf ich auch mal was sagen?"

Alle blicken verdutzt auf den Golem, der bis jetzt stumm dagestanden hat.

„Ich rufe Asimov in den Zeugenstand", ruft Birta, sichtlich erfreut über dies unerwartete Wendung. „Was hast du uns zu sagen, Golem?"

„Es mag sein, dass niemand die Absicht hatte, das Dorf zu zerstören", sagt Asimov. „Aber das heißt nicht, dass niemand daran schuld ist. Sicherheitsvorschriften wurden nicht eingehalten. Das Paket war nicht als leicht brennbar gekennzeichnet. Es war nirgendwo ein Hinweis angebracht, dass offenes Feuer fernzuhalten sei. Diejenige Person, die dieses hoch explosive und extrem gefährliche so genannte Geschenk hergestellt hat, hätte wissen müssen, dass es geeignet ist, Schäden an Personen und Gegenständen hervorzurufen, wenn es unsachgemäß gehandhabt wird. Zumal jene Person bereits mehrfach einschlägige Erfahrungen gemacht hat."

„Was willst du damit sagen?", fragt Primo, der Schwierigkeiten hat, die komplizierten Sätze des Golems zu verstehen.

„Was ich damit sagen will, ist, dass Ruuna sehr wohl an dieser Katastrophe schuld ist, auch wenn es keine Absicht war", sagt der Golem.

Ruuna bricht in Tränen aus.

„Wenn ich der Verteidigung einen Vorschlag machen darf, ich würde auf ‚schuldunfähig wegen Unzurechnungsfähigkeit' plädieren", ergänzt Asimov.

Magolus blickt Porgo an.

„Hat der Herr Verteidiger noch etwas dazu zu sagen?"

Porgo kann nur mit den Schultern zucken. Auch Primo weiß keinen Rat. So kommt es zur Abstimmung. Kolles und Golinas Eltern enthalten sich der Stimme, während Magolus, Birta, Kaus, Jarga, Olum und auch der alte Lausius „sicherheitshalber" dafür stimmen, dass Ruuna fürs Erste das Dorf nicht mehr betreten darf. Primo, Golina, Kolle, Margi und Porgo stimmen für Ruuna, doch es steht sechs zu fünf für eine Verurteilung.

„Können wir die Strafe nicht zur Bewährung aussetzen?“, schlägt Willert vor.

„Was soll denn das heißen?“, fragt Magolus.

„Das bedeutet, dass die Strafe erst in Kraft gesetzt wird, wenn Ruuna eine erneute Katastrophe auslöst“, erklärt Asimov. „Wobei ich darauf hinweisen möchte, dass beim nächsten Mal dann vielleicht keiner mehr da ist, der das Urteil noch vollstrecken könnte, weil sie das ganze Dorf in die Luft gesprengt oder vergiftet hat oder was weiß ich.“

Nach diesem Einwurf wird auch Willerts Vorschlag abgelehnt. Er und Ruuna müssen das Dorf sofort verlassen, und Ruuna darf es nie wieder betreten.

Traurig verabschieden sich Primo und seine Freunde von den beiden.

„Wir kommen euch ganz oft besuchen“, verspricht Primo.

„Wir können doch auch im Wald wohnen, Papa“, schlägt Nano vor. „Dann müssen wir nicht mehr so weit laufen. Und außerdem wohnen wir dann nicht mehr im selben Dorf wie die blöde Birta.“

„Nano!“, schimpft Golina, obwohl Primo die Idee gar nicht so dumm findet. Aber in der jetzigen Situation wäre es unklug, den Streit noch weiter zu verschärfen. Schließlich ist er der offizielle Dorfbeschützer, und es ist seine Aufgabe, dafür zu sorgen, dass Frieden im Dorf herrscht.

„Du wirst sehen, die beruhigen sich schon irgendwann wieder“, sagt er zu Ruuna. „Dann wird das Urteil wegen guter Führung aufgehoben und du darfst wieder ins Dorf kommen.“

„Ich hoffe es“, sagt Ruuna und schnieft.

Sie umarmen sich zum Abschied, dann drehen sich die beiden um, durchqueren den Fluss und verschwinden auf der anderen Seite im Wald.

4. Wo ist Ruuna?

Ein paar Tage später machen sich Primo, Golina, Kolle, Margi und die beiden Kinder auf den Weg in den Wald. Golina hat extra einen Kuchen gebacken und sogar ein paar Pilze in den Teig gemischt. Es ist zwar nicht ganz der Kuchen, den Ruuna immer nach ihrem supergeheimen Spezialrezept backt - das Rezept ist schließlich supergeheim, und Golina hatte auch nicht die richtigen Zutaten. Aber sie möchte, dass Ruuna weiß, wie gern die Freunde sie haben.

Doch als sie die Hütte von Willert und Ruuna erreichen, scheint niemand zuhause zu sein. Auch in ihrem Hexenlabor im Keller, in dem es wie immer sehr unangenehm riecht, ist Ruuna nicht. Von Willert fehlt ebenfalls jede Spur.

Golina stellt den Kuchen auf den Tisch.

„Seltsam", sagt sie. „Wo die beiden wohl sind? Hoffentlich ist ihnen nichts passiert! Ich habe schon oft gedacht, dass es ganz schön gefährlich ist, so allein hier mitten im Wald zu wohnen, mit all den Nachtwandlern, Knochenmännern und Knallschleichern drumherum!"

„Ach was, du kennst doch Ruuna", meint Primo. „Die hat jahrelang allein in einer Hütte im Sumpf gelebt, und Willert hat Kolle und mich gerettet, als wir uns hier im Wald verirrt hatten. Die beiden kennen sich mit Monstern aus. Denen ist bestimmt nichts passiert."

Trotzdem hat auch er ein ungutes Gefühl. Sie beschließen, eine Weile zu warten, bevor sie wieder ins Dorf zurückkehren.

„Schade um den schönen Kuchen", sagt Golina. „Vielleicht sollten wir schon einmal anfangen, ihn zu essen. Wir können Ruuna und Willert ja ein Stück übriglassen. Möchtest du eins, Primo?"

„Äh, nein danke", sagt Primo rasch. „Ich, äh, hab' gerade nicht so viel Hunger."

Sie wirft ihm einen strengen Blick zu.

„Du und keinen Hunger? Sonst fragst du mich doch dauernd, wann es endlich was zu essen gibt!"

„Na ja, aber Pilzkuchen ist nun mal nicht so mein Ding, und ..."

„Was soll das heißen, Pilzkuchen ist nicht dein Ding?", fragt Golina. „Willst du damit sagen, mein Kuchen schmeckt dir nicht? Dabei hast du ihn ja noch nicht einmal probiert!"

Sie läuft immer rosa an, wenn sie wütend wird, was ihr sehr gut steht, aber trotzdem wäre es Primo lieber, er hätte den Mund gehalten. Zum Glück kommt ihm sein bester Freund zu Hilfe.

„Ich finde, wir sollten noch warten, Golina", meint er. „Schließlich hast du den Kuchen doch als Mitbringsel für die beiden gebacken!"

Golina wirft ihm einen zornigen Blick zu, als verdächtige sie Kolle, dass er den Kuchen auch nicht mag. Doch dann zuckt sie mit den Schultern.

„Na gut, wie ihr meint."

Sie warten und warten, doch Ruuna und Willert lassen sich nicht blicken. Schließlich wird Primo doch etwas nervös.

„Vielleicht sollten Kolle und ich die beiden suchen gehen", meint er. „Ihr könnt ja inzwischen hier warten und, äh, schon mal den Kuchen ..."

„Oh nein, kommt nicht infrage!", widerspricht Golina. „Du gehst mir nicht schon wieder auf ein Abenteuer!"

„Aber nein, Schatz, ich will doch nur mal kurz ..."

„Nur mal kurz, das kenne ich! Ich will nur mal kurz in die Höhle unter dem Dorf, Schatz! Ich muss nur mal kurz in den Nether. Ich bin mal eben kurz im Ende. Oder auf dem Mond. Immer heißt es, nur mal kurz, und dann sehe ich dich tagelang nicht wieder und kann nicht schlafen vor Sorge!"

„Okay, schon gut, dann warten wir eben noch ein bisschen", sagt Primo.

„Dürfen Maffi und ich ein bisschen in Ruunas Keller spielen?", fragt Nano.

„Nein, auf keinen Fall!", sagen alle vier Erwachsenen gleichzeitig.

„Och, schade!“, jammert Nano. „Es ist so langweilig hier ohne Tante Ruuna!“

„Hör auf zu nörgeln, Nano“, ermahnt ihn Golina. „Wir müssen sowieso gleich wieder zurück ins Dorf.“

„Ich will aber nicht zurück ins blöde Dorf“, mault Nano. „Ich will ... oh, hallo Onkel Willert!“

Freudestrahlend laufen Nano und Maffi auf Willert zu, der in diesem Moment aus dem Wald kommt. Doch er wirkt nicht gerade fröhlich, und Ruuna ist nicht bei ihm.

„Hallo“, sagt er. „Tut mir leid, dass ich nicht da war, um euch zu begrüßen.“

„Wo warst du denn?“, fragt Primo. „Und wo ist Ruuna? Wir, ich meine Golina hat ihr extra einen, äh, superleckeren Pilzkuchen gebacken, und ...“ Er stutzt, als er sieht, dass sich Willerts Gesicht bei der Erwähnung von Ruunas Namen verdüstert.

„Es tut mir leid, aber ich fürchte, wir müssen das auf ein andermal verschieben“, sagt er.

„Warum denn? Was ist denn mit Ruuna?“

Willert zuckt mit den Achseln.

„Ehrlich gesagt, ich weiß es nicht. Sie ist weg.“

„Weg? Wie, weg? Seit wann denn?“

„Seit gestern. Sie sagte, sie muss nur mal kurz was besorgen. Ich dachte, sie geht Pilze suchen oder so, das macht sie oft. Aber dann kam sie nicht wieder, und als die Sonne unterging, habe ich mir Sorgen gemacht. Heute habe ich sie überall im Wald gesucht, aber ich habe sie nicht gefunden. Ich befürchte, dass sie ..." Er stockt.

„Du denkst, dass Ruuna ... tot ist?", fragt Primo erschrocken.

Willert schüttelt traurig den Kopf.

„Nein, das nicht. Aber ... ich fürchte, sie könnte mich verlassen haben."

„Verlassen? Wie meinst du das?", will Golina wissen.

„Nach der Verhandlung neulich im Dorf hatten wir Streit", erzählt Willert. „Ich habe ihr Vorwürfe gemacht, weil sie immer gefährliche Experimente macht. Ich weiß, das war dumm von mir. Aber ich muss sagen, ich konnte Magolus und die anderen verstehen. Immerhin hätte Ruuna fast das ganze Dorf abgebrannt."

„Das war nicht Ruunas Schuld!", widerspricht Primo.

„Es ist nett, dass du das sagst, aber ich fürchte, Asimov hat recht: Wenn man mit gefährlichen Dingen hantiert, dann muss man auch dafür sorgen, dass nichts schiefgehen kann. Und darin ist Ruuna nicht besonders gut. Jedenfalls hat sie sich ziemlich aufgeregt und gesagt, wenn sie auch nicht mehr bei mir im Wald bleiben soll, dann müsste ich es bloß sagen."

„Und was hast du geantwortet?", fragt Golina.

„Ich habe mich entschuldigt und ihr gesagt, dass ich es nicht so gemeint habe und dass ich möchte, dass sie für immer bei mir bleibt."

„Hach, wie romantisch!", seufzt Golina. „Und dann?"

„Dann war eigentlich alles wieder gut. Dachte ich jedenfalls. Aber am nächsten Morgen hat Ruuna irgendwie müde ausgesehen. Vielleicht auch traurig. Als ich sie danach fragte, sagte sie, sie hätte schlecht geschlafen. Am Morgen danach war es genauso, und auch heute Morgen hat sie irgendwie bedrückt gewirkt."

„Vielleicht hat sie wirklich bloß schlecht geschlafen", meint Margi.

„Ja, vielleicht. Aber möglicherweise hat sie das Urteil auch mehr verletzt, als sie zugibt. Ich mache mir Sorgen, dass sie denkt, ich mag sie auch nicht mehr. Und dass sie vielleicht weggegangen ist und ... und nie mehr zurückkommt."

Willert sieht aus, als würde er gleich anfangen, zu weinen. Golina nimmt ihn in den Arm.

„Keine Angst", sagt sie. „Primo und Kolle werden Ruuna suchen." Sie wirft Primo einen Blick zu. „Das werdet ihr doch, oder?"

Primo ist über ihren plötzlichen Sinneswandel etwas verwirrt. Gerade ist sie noch wütend gewesen, weil er genau diesen Vorschlag gemacht hat, und jetzt auf einmal will sie es selbst! Versteh einer die Frauen.

„Klar“, sagte er. „Keine Angst, wir finden sie, und wenn wir bis zum Ende ...“ Er stockt, als er Golinas finsteren Blick bemerkt. Dass er im Ende nach Ruuna sucht, will sie offenbar doch nicht. „Ich meine, wir finden sie auf jeden Fall“, endet er lahm. „Tun wir doch, Kolle, oder?“

Kolle wirft einen fragenden Blick zu Margi, die nickt. „Logisch“, sagt er.

„Das ... das kann ich nicht von euch verlangen“, widerspricht Willert. „Ich werde eben selber weitersuchen.“

„Unsinn“, meint Primo. „Kolle und ich haben Erfahrung damit, in der Welt herumzuirren ... ich meine, Sachen zu finden. Außerdem muss jemand hierbleiben, für den Fall, dass Ruuna wieder auftaucht. Wäre ja blöd, wenn sie zurückkommt, sieht, dass niemand da ist, und dann dich suchen geht.“

„Hm, auch wieder wahr“, gibt Willert zu.

„Ich würde ja gern mitkommen und aufpassen, dass ihr nicht schon wieder irgendwelchen Unsinn anrichtet“, sagt Golina. „Aber ich fürchte, Margi und ich müssen auf Maffi und Nano aufpassen.“

„Aber wir können doch mit Papa und Onkel Kolle mitgehen“, quengelt Nano. „Die können dann auf uns aufpassen!“

„Das könnte dir so passen!“, meint Golina. „Du bleibst schön brav zuhause.“

„Aber ich bin ein echter Krähenfuß! Ich muss Papa helfen, Tante Ruuna zu suchen!“

„Ich habe gesagt, nein, und dabei bleibt es!“

Während Nano grummelt, fragt Primo: „Hast du irgendeinen Hinweis, in welche Richtung sie gegangen sein könnte?“

„Ich bin nicht sicher. Aber wenn sie Pilze sucht, geht sie meistens nach Norden, tiefer in den Wald.“

„Gut. Dann machen wir uns am besten gleich auf den Weg.“

„Esst doch noch ein Stück Kuchen, zur Stärkung“, schlägt Golina vor.

„Äh, wir sollten lieber keine Zeit verlieren“, meint Primo.

Golina wirft ihm einen finsteren Blick zu, doch dann umarmt sie ihn und gibt ihm einen Kuss.

„Sei vorsichtig!“, ermahnt sie ihn.

„Keine Sorge“, sagt Primo. „Wir sind im Handumdrehen wieder zurück.“

5. Die Spur führt nach Norden

Primo und Kolle marschieren Richtung Norden durch den Wald. Immer wieder rufen sie laut Ruunas Namen, doch sie erhalten keine Antwort.

„Vielleicht hätten wir Paul mitnehmen sollen“, meint Primo. „Der hat eine gute Nase. Er hätte Ruunas Spur aufnehmen können.“

„Willst du zurück ins Dorf und ihn holen?“, fragt Kolle.

„Nein, das würde zu lange dauern. Ruuna ist immerhin schon seit vielen Stunden fort. Wir dürfen keine Zeit verlieren.“

So setzen sie den Weg fort. Schließlich erreichen sie den nördlichen Waldrand, hinter dem steile Berghänge aufragen.

„Meinst du, sie ist die Berge raufgeklettert?“, fragt Kolle.

Primo kann nur mit den Schultern zucken. Sie folgen dem Lauf eines Flusses, der sich am Waldrand entlang windet, Richtung Westen.

„Moment mal“, sagt Primo plötzlich. „Sieh mal da drüben!“

Er zeigt auf eine dunkle Öffnung im Felsen - der Eingang einer der zahlreichen Höhlen im Gebirge.

„Du denkst doch nicht, dass Ruuna in eine Höhle gegangen ist, in der es von Nachwandlern und Knallschleichern wimmelt?“, fragt Kolle. „So verrückt ist nicht einmal sie!“

„Sieh doch mal genau hin“, sagt Primo. „Da drin scheint etwas zu glühen.“

Kolle legt die Hand vor die Augen. „Hm. Du hast recht. Vielleicht ist es Lava, die die Höhle von innen erhellt.“

„Vielleicht. Aber das schauen wir uns besser mal an.“

Als sie näherkommen, erkennen sie, dass es nicht Lava ist, sondern eine Fackel, die tief im Inneren der Höhle leuchtet. Sie hängt über einem kleinen Wasserfall, der sich aus der Wand in die Höhle ergießt.

„Die muss Ruuna da hingehängt haben“, stellt Primo fest.

„Woher willst du das wissen?“, fragt Kolle.

„Wer sollte es sonst gewesen sein? Willert hätte uns davon erzählt, wir beide waren es nicht, und sonst traut sich niemand so weit vom Dorf weg.“

„Es könnte der Fremde gewesen sein.“

„Der ist doch schon länger nicht mehr in der Nähe des Dorfs gesehen worden. Nein, ich bin sicher, das war Ruuna.“

Als sie sich in der Höhle genauer umsehen, finden sie noch mehr Hinweise darauf, dass Ruuna hier gewesen sein könnte: Knochen und fauliges Fleisch deuten darauf hin, dass einige Monster das Leben lassen mussten, außerdem liegt ein übler Geruch in der Luft - womöglich Reste eines Zaubertranks, den die Hexe zu ihrer Verteidigung benutzt hat. Mehrere Fackeln beleuchten das Innere der Höhle, die sich tunnelartig durch den Berg windet.

„Sieh mal, hier sieht es aus, als hätte jemand eine Art Grube in den Felsboden gehauen“, sagt Primo. „Sie ist voll Wasser gelaufen. Da drüben liegt sogar noch die Spitzhacke.“

„Warum sollte Ruuna ein Loch in den Boden hacken?“, fragt Kolle.

„Vielleicht hat sie nach Kohle oder Eisenerz geschürft, was weiß ich.“

„Aber das Wasser hat doch das Loch sofort aufgefüllt. Das ergibt keinen Sinn.“

„Vieles, was Ruuna tut, ergibt keinen Sinn“, meint Primo.

Sie suchen weiter, rufen immer wieder Ruunas Namen. Schließlich erreichen sie das Ende der Höhle - einen zweiten Ausgang im Berghang. Hier ist Ruuna eindeutig nicht.

Da es allmählich dunkel wird, beschließen sie, in der Höhle zu übernachten, in der es aufgrund der Fackeln vor Monstern einigermaßen sicher ist.

„Wir hätten vielleicht doch was von dem Kuchen essen sollen“, meint Primo, dem der Magen knurrt.

„Na ja, nichts gegen Golinas Kochkünste, aber Kuchen mit Pilzen ... ich weiß ja nicht ..."

Primo wirft ihm einen finsteren Blick zu.

„Kann Margi es etwa besser?", fragt er schnippisch.

„Entschuldige, ich wollte Golina nicht beleidigen. Es ist nur ... Kochen ist nicht unbedingt ihre Stärke."

„Schon gut. Hast ja recht."

Sie machen es sich auf dem harten Steinboden bequem, so gut sie können. In der Nacht bleiben sie ungestört, so dass sie am nächsten Morgen erholt, aber hungrig aufwachen.

„Wohin jetzt?", fragt Kolle.

„Da wir nichts Besseres wissen, schlage ich vor, wir gehen weiter Richtung Norden", sagt Primo. „Dann müssten wir irgendwann das Wüstendorf erreichen. Vielleicht ist sie ja in ihre alte Heimat zurückgekehrt."

„Okay."

Sie klettern den Berghang hinauf und gelangen auf eine ausgedehnte Hochebene, auf der Schafe weiden. Gegen Mittag erreichen sie das Ende der Ebene, wo ein Abhang steil ins Meer abfällt. Sie folgen der Küste Richtung Osten, durchqueren einen Fluss, wandern über mit tausenden bunter Blumen bewachsene Hügel die Küste entlang, die hier wieder in nördlicher Richtung führt. Im Osten erhebt sich das gewaltige Bergmassiv des Himmelsturms.

Gegen Abend erreichen sie endlich die Ausläufer der Wüste und das Wüstendorf. Karo, die freundliche Bäuerin, erblickt sie als erste.

„Hallo Primo und Kolle!", ruft sie. „Wie schön, dass ihr uns besucht. Aber warum habt ihr Golina, Margi und die Kinder nicht mitgebracht?"

„Wir sind auf der Suche nach Ruuna", erwidert Primo. „Hast du sie gesehen?"

„Nein, in letzter Zeit nicht. Was ist denn passiert?"

„Es gab Ärger bei uns im Dorf. Ruuna hat ein Feuerwerk vorbereitet, als Überraschung für den Geburtstag aller Dorfbewohner, und das ist leider vorzeitig explodiert. Seitdem darf sie das Dorf nicht mehr betreten. Und jetzt haben wir Angst, dass sie vielleicht weggegangen ist und nie mehr zurückkommen möchte."

Karo schüttelt den Kopf.

„Ruuna und ihre Experimente. Das musste ja irgendwann mal schiefgehen. Andererseits, wenn Ruuna nicht gewesen wäre, dann wäre doch euer Dorfpriester immer noch ein Nachtwandler, oder etwa nicht?"

„Das stimmt", sagt Primo und fragt sich, warum ihm das während der Verhandlung nicht eingefallen ist. „Aber du weißt ja, wie Magolus ist. Und viele der anderen Dorfbewohner haben einfach Angst vor allem, was anders ist als sie."

„Wie auch immer, Ruuna ist nicht nachtragend. Ich kann mir nicht vorstellen, dass sie beleidigt davongelaufen ist."

„Dann ist ihr vielleicht etwas passiert. So oder so haben wir Willert versprochen, sie zu suchen."

„Da wünsche ich euch auf jeden Fall viel Glück. Wenn ihr wollt, können wir ja gemeinsam noch mal im Dorf rumfragen. Vielleicht hat sie jemand gesehen."

Sie fragen die anderen Dorfbewohner, doch niemand hat Ruuna gesehen. Zum Schluss gehen sie in die Kirche, wo der griesgrämige Priester Wumpus lebt.

„Wumpus, hast du in letzter Zeit Ruuna gesehen?", fragt Karo.

„Und wenn schon, sie ist jedenfalls nicht hier, und das ist gut so!"

„Moment mal, soll das etwa heißen, du hast sie gesehen?"

„Ruuna hat hier nichts zu suchen. Das weiß sie ganz genau!"

Karo läuft vor Zorn rot an, und auch Primo muss sich zusammennehmen, um den Priester nicht zu schütteln.

„Hast du sie gesehen, ja oder nein?"

„Ja. Sie hat gefragt, ob sie hier übernachten kann, ausnahmsweise. So eine Unverfrorenheit!"

„Du hast sie doch nicht etwa weggeschickt?"

„Natürlich habe ich sie weggeschickt! Ich dulde keine verrückten Hexen in meinem Dorf!"

„Das ist nicht dein Dorf, Wumpus! Und selbstverständlich darf Ruuna hier übernachten, wann immer sie will!"

„Darf sie nicht!" Wumpus verschränkt die Arme vor der Brust. „Das sagt Notch!"

„Pah! Immer, wenn du irgendeinen Unsinn redest, behauptest du, dass Notch das gesagt hätte!"

„Das ist Blasphemie! Raus aus meiner Kirche!"

„Hört doch bitte mal auf, zu streiten", unterbricht Primo die beiden. „Wann war Ruuna denn hier?"

„Gestern Abend", antwortet Wumpus kleinlaut.

„Und wohin ist sie gegangen?"

„Nach Norden."

„Gut, dann machen wir uns gleich auf den Weg. Komm, Kolle."

„Wollt ihr nicht lieber im Dorf übernachten?", fragt Karo. „Die Wüste ist in der Nacht gefährlich."

„Nein. Mit den Monstern werden wir schon fertig. Ruuna ist bestimmt auch in der Nacht weitergezogen. Wenn wir sie einholen wollen, dürfen wir keine Zeit verlieren."

„Also gut“, sagt Karo und wirft Wumpus einen Blick zu, als wollte sie ihn erwürgen. „Aber ich mache euch noch schnell ein Proviantpaket. Ihr müsst Hunger haben.“

Dankbar nehmen Primo und Kolle das Angebot an. Ausgestattet mit Brot, gebratenem Schweinefleisch und Äpfeln machen sie sich kurz darauf auf den Weg über die Wiese im Norden des Wüstendorfs, während sie unterwegs etwas essen. Das Wetter ist zum Glück gut, und ein fast voller Mond scheint zwischen den Wolken hindurch, so dass sie weit sehen können.

„Wo gehen wir eigentlich hin?“, fragt Kolle.

„Nach Norden, das siehst du doch.“

„Ja, aber ich meine, wie wollen wir Ruuna denn finden? Sie kann ja praktisch überall im Norden sein.“

„Ich habe da so eine Idee. Nehmen wir an, Willert hat recht und Ruuna war enttäuscht. Also ist sie weggelaufen. Vielleicht wollte sie bloß bis zum Wüstendorf, aber dann hat sie dort ausgerechnet den blöden Wumpus getroffen, und der hat sie weggeschickt. Sie muss ziemlich traurig gewesen sein. Und wohin ist sie dann wohl gegangen?“

„Ich habe keine Ahnung.“

„Na, zu ihrer alten Hütte natürlich! Sie hat doch schließlich jahrelang allein im Sumpf gelebt. Da kennt sie sich aus. Ich wette, sie ist dort.“

„Hm, ich weiß nicht. Aber einen Versuch ist es wert. Also schön, lass uns ..."

In diesem Moment zischt ein Pfeil heran und trifft Kolle am Arm. Augenblicklich läuft er grün an, stößt ein wütendes Gebrüll aus, rennt zu dem vorwitzigen Knochenmann und befördert ihn mit einem Schlag hoch in die Luft. Wo er schon mal dabei ist, erledigt Kolle auch noch zwei Nachtwandler und einen Knallschleicher, die sich nicht schnell genug aus dem Staub machen.

„Immer dieses lästige Ungeziefer!", schimpft er, als er wieder zu Primo zurückkehrt.

Sie erreichen den Rand der Wüste und stapfen durch den Sand, während der Mond allmählich Richtung Westen zieht. Schließlich gelangen sie an einen Hügel voller Blumen.

„Weißt du noch, wie du hier für Margi Blumen gepflückt hast?", fragt Primo.

„Oh ja", meint Kolle. „Das war, kurz nachdem mich Ruuna gerettet hat. Ich verdanke ihr mein Leben und meine große Liebe. Es ist wirklich gemein, dass sie von allen so schlecht behandelt wird, bloß, weil sie hin und wieder mal ein bisschen Unsinn macht."

„Da hast du allerdings recht. Aber wir werden sie finden und zurückholen. Und wenn Magolus auch nur ein Wort gegen sie sagt, dann werde ich ihn ..."

Schon wieder wird ihre Unterhaltung von einem Pfeil unterbrochen, und diesmal muss auch Primo in den Kampf eingreifen, denn sie werden gleichzeitig von zwei Nachtwandlern, drei Knochenmännern und einer Riesenspinne attackiert, als hätten sich die Monster vorher abgesprochen. Doch für die beiden kampferprobten Freunde ist selbst eine solche Übermacht kein Problem.

Als sie endlich den Rand des Sumpfs erreichen, geht die Sonne bereits wieder auf. Sie erreichen Ruunas Hütte kurze Zeit später, doch von der Hexe fehlt jede Spur. Trotzdem hüpft Primos Herz vor Freude, denn in der Hütte erblickt er einen leeren Teller, aus dem jemand erst kürzlich Pilzsuppe gegessen haben muss.

„Sie war hier!“, stellt Primo fest.

„Wer war hier?“, fragt Ruuna, die in diesem Moment hinter ihnen zur Tür hereinspaziert.

6. Flummi

„Ruuna!“, ruft Primo. „Du lebst! Notch sei Dank!“

„Wenn ich nicht leben würde, dann wäre ich ja tot“, stellt Ruuna fest, „und dann könnte ich doch nicht hier stehen und mit dir reden, oder?“

„Was machst du denn hier?“, fragt Kolle. „Willert macht sich große Sorgen um dich!“

„Um mich? Ach, wie lieb von ihm!“

„Wir haben ihm versprochen, dich zu suchen“, sagt Primo. „Er hat Angst, dass du nicht mehr bei ihm bleiben willst und deshalb weggelaufen bist.“

„Was? Ich? Weggelaufen? Wie kommt er denn auf solchen Blödsinn? Ich habe ihm doch gesagt, ich geh nur eben mal kurz einen Schleim besorgen.“

„Eben mal kurz? Du bist vorgestern aufgebrochen, Ruuna, und wir sind frühestens übermorgen zurück!“

„Na und? Schleime gedeihen nun mal nur im Sumpf.“

„Hast du Willert gesagt, dass du mehrere Tage fort sein wirst?“

„Na ja, vielleicht nicht in der Ausführlichkeit.“

„Wie dem auch sei“, schaltet sich Kolle ein. „Lass uns dieses Schleimdings nehmen und so schnell wie möglich nach Hause zurückkehren. Margi und Golina machen sich bestimmt auch schon Sorgen.“

„Du hast recht, Kolle“, sagt Primo. „Also, bist du bereit zum Aufbruch, Ruuna?“

„Nein.“

„Wieso nicht?“

„Weil ich noch keinen Schleim gefunden habe.“

Primo seufzt.

„Na gut, dann helfen wir dir suchen. Wie sehen die denn aus, diese Schleime?“

„So ähnlich wie Pilze“, behauptet Ruuna. „Nur, dass sie größer sind und grün und nicht bloß rumstehen, sondern durch die Gegend hüpfen.“

„Hüpfende Pilze?“, fragt Kolle und wirft einen skeptischen Blick zu Primo, der nur mit den Schultern zucken kann.

„Lass uns einfach suchen.“

„Wir müssen bis zum Abend warten“, sagt Ruuna. „Sie kommen nur bei Nacht raus.“

„Gut“, meint Primo. „Ich könnte eine kleine Pause durchaus vertragen.“

Also machen die beiden Freunde es sich in Ruunas Hütte gemütlich, während die Hexe noch ein paar Pilze suchen geht. Primo schläft nach wenigen Minuten ein.

Als die Sonne untergeht, wacht er auf, streckt sich und isst gemeinsam mit Kolle etwas von dem Proviant. Dann machen sie sich auf in den Sumpf, um Schleime zu suchen. Es ist eine klare Vollmondnacht, und sie können gut sehen. Doch so sehr sie auch suchen, sie finden keine herumhüpfenden pilzähnlichen Dinge.

Dafür treffen sie nach einiger Zeit auf die Hexe, die durch das Sumpfwasser watet und immerzu ruft: „Kommt, meine kleinen Schleime, kommt zu Tante Ruuna!"

„Glaubst du wirklich, die hören auf dich?", fragt Primo.

„Früher hat es immer geklappt", sagt Ruuna. „Kommt, meine kleinen Schleime, kommt!"

„Wenn wir bis morgen früh keinen Schleim gefunden haben", sagt Primo, „dann kommst du aber wieder mit uns ..."

In diesem Moment erklingt ein lautes Platschen hinter ihm. Primo dreht sich um und erstarrt vor Entsetzen, als er einen riesigen, glibberigen Würfel auf sich zuspringen sieht. Er erinnert ihn an ein Monster, das er einmal im Nether getroffen hat, nur dass es damals rot leuchtete.

„Na bitte!", sagt Ruuna. „Och, das ist aber ein hübsches großes Exemplar!"

„Der ist vielleicht ein bisschen zu groß!", stellt Kolle fest. „Und besonders freundlich scheint er auch nicht zu sein!"

Primos Freund läuft grün an und schlägt mit seiner Nachtwandlerkraft nach dem riesigen Monster, doch seine Faust bleibt in der glibberigen Masse stecken.

„Mist!“, ruft er. „Primo, hilf mir!“

Primo zieht sein Schwert und hackt auf den Koloss ein.

„He! Lasst das!“, ruft Ruuna. „Ihr macht ihn ja kaputt!“

Doch Primo kümmert sich nicht darum. Sein Freund ist in Not, und er ist beinahe froh, dass zur Abwechslung mal er es ist, der Kolle aus der Patsche holt. Doch als sein scharfes Schwert durch den Würfel schneidet, geschieht etwas Schreckliches: Das Monster teilt sich in vier kleinere Versionen seiner selbst, die nun ihrerseits Kolle und Primo von allen Seiten angreifen, indem sie versuchen, auf die Freunde zu springen.

Primo wird zu Boden geworfen und unter das Sumpfwasser gedrückt. Nur mit Mühe kann er sich unter seinem Angreifer zur Seite rollen und sich wieder aufrappeln. Wie besessen hackt er mit dem Schwert auf den Würfel ein, doch wieder teilt sich dieser, so dass Primo nun von vier noch kleineren Monstern umgeben ist. Wenigstens teilen diese sich nicht noch weiter, wenn man sie mit dem Schwert haut, sondern zerplatzen und hinterlassen grüne, klebrige Bälle.

Nach langem, zähen Kampf haben Primo und Kolle das Schleimmonster vernichtet. Nur ein einziger kleiner Schleimblock ist noch übrig, den Ruuna auf dem Arm hält.

„Ihr Dummköpfe!“, schimpft sie. „Müsst ihr immer auf alles draufhauen? Typisch Männer!“

„Ruuna, das Ding ist gefährlich!“, ruft Primo. „Wirf es weg!“

„Quatsch“, entgegnet die Hexe. „Der ist ganz lieb und harmlos. Sieh mal, er lässt sich sogar streicheln!“

Tatsächlich scheint der kleine Schleim Ruuna nichts zu tun. Primo hält trotzdem lieber Abstand. Nicht, dass das Monster ihm noch ins Gesicht springt und ihn vollschleimt!

„Was willst du eigentlich damit?“, fragt Kolle.

„Aus Schleim macht man Schleimblöcke, das ist doch wohl logisch“, sagt Ruuna.

„Aha. Und wozu brauchst du Schleimblöcke?“

„Ich habe in letzter Zeit nicht so gut geschlafen“, erklärt Ruuna.

„Also machst du daraus einen Schlaftrunk?“

„Quatsch! Schleimblöcke kann man doch nicht trinken! Aber sie sind schön elastisch. Ich mache mir daraus eine neue Matratze für mein Bett.“

„Du bist den ganzen Weg hierher gegangen und hast uns alle in Aufregung versetzt, weil du ein weicheres Bett willst?", fragt Primo ungläubig.

„Gesunder Schlaf ist wichtig!", verteidigt sich die Hexe.

„Gut. Jetzt, wo du deinen Schleim hast, können wir ja wieder nach Hause gehen, oder?"

„Ja, aber zuerst brauche ich noch einen Transportbehälter. Flummi soll ja nicht austrocknen, wenn wir durch die heiße Wüste laufen. Nicht wahr, mein süßer kleiner Flummi?"

Sie gibt dem Schleim auf ihrem Arm einen Kuss. Dann kehren die drei zu Ruunas Hexenhütte zurück. Dort steht ein steinernes Becken, das Kolle auf Bitten von Ruuna mit Sumpfwasser füllt. Dann setzt sie den Schleim hinein, der fröhlich in dem Becken herumplantscht. So ausgestattet machen sich die drei auf den Rückweg, wobei Kolle das schwere Becken trägt.

Am Nachmittag erreichen sie das Wüstendorf. Große Aufregung entsteht, als die Bewohner die drei entdecken.

„Was habt ihr denn da in dem Becken?", fragt Karo.

„Das ist Flummi", erklärt Ruuna stolz. „Ist er nicht süß?"

Karo rümpft die Nase. „Na ja, ich weiß nicht ..."

„Und praktisch ist er auch!“, behauptet die Hexe. „Kann hüpfen, ist weich und kuschelig, und man kann Schleimblöcke aus ihm machen, auf denen man prima schlafen kann!“

„Auf so einem glibberigen Ding schlafen?“, fragt der Schäfer Daun. „Nein danke, da nehme ich doch lieber die Wolle von meinen Schafen!“

„Stirbt dein Flummi denn nicht, wenn du einen Schleimblock aus ihm machst?“, fragt Karo.

„Das ist ja das Tolle an Schleim!“, ruft Ruuna fröhlich. „Er vermehrt sich! Jedenfalls, wenn man ihn richtig füttert.“

Aus irgendeinem Grund bekommt Primo plötzlich eine Gänsehaut, und das, obwohl die Sonne prall vom Himmel scheint. Doch bevor er sich weitere Gedanken machen kann, kommt Wumpus hinzu.

„Was wollt ihr denn schon wieder hier?“, fragt er unfreundlich. „Ihr bringt doch nicht etwa irgendwelches Ungeziefer in mein Dorf?“

„Das ist kein Ungeziefer, das ist ein Schleim“, sagt Ruuna.

„Umso schlimmer!“, ruft Wumpus. „Bringt den bloß weg von hier! In eurem komischen Schluchtdorf könnt ihr von mir aus mit solchem ekligen Glibber herumspielen, aber unser Wüstendorf muss sauber bleiben!“

„Flummi ist nicht eklig!“, ruft Ruuna, und ihre Augen funkeln zornig. „Jeden, der meinen Schleim beleidigt, verwandele ich in ein Huhn!“

Primo bezweifelt, dass die Hexe zu so etwas in der Lage wäre, und wenn, dass sie es tatsächlich tun würde. Ruuna ist sehr gutmütig, und wenn sie jemanden in irgendwas anderes verwandelt, dann höchstens aus Versehen. Doch Wumpus scheint die Drohung ernst zu nehmen, denn er wird bleich und ergreift die Flucht.

„Wollt ihr nicht bei uns übernachten?“, fragt Karo.

Primo würde das Angebot liebend gern annehmen, doch Ruuna kommt ihm zuvor: „Lieber nicht. Das Reisen ist für Flummi ziemlich anstrengend, wo er doch so klein und zart ist. Ich will ihn lieber so schnell wie möglich nach Hause bringen.“

Also verabschieden sich die drei von Karo und den anderen und ziehen weiter. In der Nacht werden sie mehrfach von Monstern attackiert. Doch Ruuna verteidigt ihren schleimigen Freund, indem sie alle möglichen stinkenden und explodierenden Zaubertränke wirft, so dass Primo und Kolle gar nicht dazu kommen, in die Kämpfe einzugreifen.

Nach einer anstrengenden Nacht erreichen sie früh am nächsten Morgen endlich den Wald nordöstlich des Dorfs am Rand der Schlucht. Willert, der in der Nacht vor Sorge kein Auge zugemacht hat, ist überglücklich, seine geliebte Ruuna wieder in die Arme schließen zu können. Er dankt Kolle und Primo überschwänglich für Ruunas Rettung, obwohl Primo mehrmals beteuert, dass es da gar nichts zu retten gab. Schließlich beugt er sich verwundert über das Becken, das der arme Kolle die ganze Zeit schleppen musste.

„Was ist das denn?“, fragt er. „Doch nicht etwa ein Schleim?“

„Das ist Flummi“, erklärt Ruuna. „Ist er nicht süß?“

Willert wirft Primo einen vorwurfsvollen Blick zu.

„Hättest du ihr das nicht ausreden können?“

„Ich?“, fragt Primo entgeistert. „Ruuna etwas ausreden? Machst du Witze?“

„Auf jeden Fall ist es keine gute Idee, einen Schleim hierher zu bringen“, meint Willert. „Am besten, ihr bringt ihn dahin zurück, wo ihr ihn herhabt.“

„Das ist jetzt nicht dein Ernst!“, stöhnt Kolle.

„Kommt überhaupt nicht infrage!“, sagt Ruuna und stemmt die Arme in die Hüften. „Flummi bleibt hier!“

„Aber mein Hexelchen“, säuselt Willert. „Hast du mal drüber nachgedacht, was passiert, wenn aus dem kleinen süßen Schleim ein großer, böser Schleim wird? Das ist ein wildes Monster, das kann man nicht wie ein Haustier halten!“

„Quatsch!“, widerspricht Ruuna. „Das ist Flummi, und er hat mich lieb! Er wird mir nichts tun! Stimmt's, Flummi?“

Anstelle einer Antwort plantscht der Schleim in seinem Becken herum.

„Da siehst du's“, sagt Ruuna. „Er ist ganz lieb!“

Willert rollt mit den Augen.

„Und wo soll er wohnen, dein Schleim? Doch nicht etwa bei uns im Haus?“

„Natürlich nicht!“, sagt Ruuna. „Er könnte sich an all den scharfen Dingen verletzen, die du immer überall rumliegen lässt. Ich habe ihm drüben im Berghang eine gemütliche Höhle eingerichtet, mit einem tollen Plantschbecken, extra für meinen kleinen Flummi!“

„Das also hast du in den letzten Tagen gemacht, bevor du weggegangen bist“, sagt Willert kurz darauf, als sie alle in der Höhle stehen, die Primo und Kolle auf der Suche nach Ruuna entdeckt haben.

Ruuna nimmt den Schleim vorsichtig aus dem Becken und lässt ihn in die wassergefüllte Vertiefung plumpsen, die sie für ihn vorbereitet hat. Tatsächlich scheint es Flummi darin gut zu gefallen. Jedenfalls hüpft er fröhlich hin und her.

„Wie es aussieht, ist unsere Aufgabe hier erfüllt“, sagt Primo. „Wenn ihr nichts dagegen habt, würde ich jetzt gern ins Dorf zurückkehren. Ich bin ziemlich erschöpft von der Reise, und Golina wartet sicher schon."

„Ja, natürlich", sagt Willert. „Noch einmal vielen Dank für eure Hilfe!"

Auch Ruuna bedankt sich bei den beiden Freunden, dass sie ihr geholfen haben, Flummi hierher zu bringen.

„Wieder ein Abenteuer überstanden", meint Kolle, als sie schließlich den Fluss zum Dorf überqueren. „Diesmal war es eigentlich gar nicht so schlimm."

„Irgendwie habe ich das Gefühl, dass dieses Abenteuer noch nicht zu Ende ist", entgegnet Primo.

7. Tote Fische

Die nächsten Tage verlaufen ereignislos. Golina, die überglücklich ist, dass Primo mal einen Ausflug ohne größere Katastrophen hinter sich gebracht hat, probiert verschiedene neue Rezepte aus: Hühnchen mit Pilzen, Omelette mit Pilzen, Brot mit Pilzen und - ihre neuste Kreation - Pilzragout mit Pilzen. Primo probiert brav alle neuen Gerichte und gibt sich alle Mühe, das Gesicht nicht zu verziehen. Insgeheim sehnt er sich bereits nach einem neuen Abenteuer. Doch zurzeit werden seine Fähigkeiten als Dorfbeschützer anscheinend nicht gebraucht.

Ungefähr zwei Wochen, nachdem Primo und Kolle Ruuna aus dem Sumpf abgeholt haben, kommt Olum, der Fischer aufgeregt ins Dorf gelaufen.

„Sie sind alle tot!“, ruft er.

Erschrocken läuft Primo aus dem Haus. Um den aufgeregten Olum hat sich bereits eine kleine Menschentraube gebildet.

Wild mit den Armen gestikulierend, erzählt er, dass er am Morgen wie jeden Tag zum Angeln an den Fluss gegangen ist. Doch obwohl der Fluss voller Fische war, wollte keiner anbeißen. Als er genauer hinsah, entdeckte er, dass die Fische sich nicht bewegten.

Primo kann das kaum glauben, doch als er mit den anderen zum Flussufer läuft, sieht er, dass es stimmt: Dutzende reglose Fischkörper schwimmen mit dem Bauch nach oben im Wasser.

„Meine armen Fische!“, jammert Olum. „Meine armen, armen Fische! Sie hatten sich doch schon so darauf gefreut, von mir geangelt zu werden. Und jetzt sind sie tot.“

„Wer braucht schon Fische“, sagt Hakun, der Fleischer, nicht gerade taktvoll. „Fleisch schmeckt sowieso besser. Außerdem riechen deine Fische nicht besonders gut.“

„Was? Meine Fische riechen nicht gut? Ich geb dir gleich eins auf die Nase, dann riechst du gar nichts mehr!“

„Apropos, findet ihr nicht auch, dass es hier merkwürdig riecht?“, unterbricht Kolle die beiden Streithälse.

Tatsächlich: In der Luft liegt ein seltsamer, fauliger Gestank, der Primo an den Sumpf erinnert.

„Das war bestimmt wieder die blöde Ruuna!“, behauptet Olum. „Wahrscheinlich hat sie mit ihren Tränken den Fluss vergiftet!“

„Du hast recht!“, ruft Hakun, der kreidebleich geworden ist. „Wir haben sie verärgert, und jetzt rächt sie sich! Notch, steh uns bei! Wir werden alle sterben!“

„Unsinn!", ruft Primo. „So etwas würde Ruuna niemals tun. Jedenfalls nicht absichtlich. Ich werde der Sache auf den Grund gehen. Was immer die Ursache für das Fischsterben ist, ich werde es herausfinden."

„Ich komme besser mit", sagt Kolle.

Gemeinsam machen sie sich auf die Suche nach weiteren Spuren. Sie folgen dem Flussufer in südlicher Richtung bis zu einer Biegung. Kurz bevor sie diese erreichen, spürt Primo plötzlich eine Erschütterung des Bodens, fast, als sei in der Nähe ein Knallschleicher explodiert. Doch es ist kein Laut zu hören außer einem Platschen in der Ferne, das von einem Tintenfisch herrühren könnte.

„Hast du das auch gespürt?", fragt Primo.

„Was denn?", erwidert Kolle.

In diesem Moment bebt der Boden erneut, noch stärker diesmal.

„Das", meint Primo.

„Fühlt sich an, als ob etwas Riesengroßes …", beginnt Kolle, doch die Worte bleiben ihm im Hals stecken, als sie die Flussbiegung erreichen.

Ein Stück weiter weitet sich der Fluss zu einem schmalen See. Am Ufer entdecken sie einen riesigen glibberigen Schleimwürfel, höher als der Turm der Dorfkirche. Als er einen Hüpfer macht, erzittert erneut der Boden. In der Nähe des Schleims ist das

Wasser grünlich verfärbt, und etliche tote Fische schwimmen an der Oberfläche.

„Auweia!“, ruft Primo.

„Ruuna!“, stöhnt Kolle im selben Moment auf. „Was hat sie jetzt bloß wieder angestellt!“

„Ich habe ja gleich geahnt, dass das nicht gut enden wird mit diesem blöden Schleim“, meint Primo.

„Ach ja? Und warum musste ich ihn dann den ganzen Weg durch die Wüste schleppen?“

„Du weißt doch, wie Ruuna ist.“

„Allerdings. Auch, wenn sie nicht im Dorf sein darf, richtet sie Chaos an. Komm schnell, wir müssen es den anderen sagen.“

„Vielleicht lieber nicht“, meint Primo.

„Nicht? Wie meinst du das?“

„Wenn die anderen mitbekommen, dass Ruuna einen Riesenschleim gezüchtet hat, darf sie erst recht nie wieder ins Dorf kommen. Wir müssen dieses Ding irgendwie loswerden, bevor die anderen etwas davon merken.“

„Aber dieses Monster könnte das Dorf angreifen!“

„Ach was, es scheint sich hier im Fluss doch ganz wohlzufühlen. Und die Dorfbewohner kommen niemals hierher. Die bemerken den Riesenschleim gar nicht.“

„Und was ist mit den toten Fischen? Wie willst du das erklären?“

„Wir sagen einfach, die haben was Falsches gegessen."

„Primo, das gefällt mir überhaupt nicht. Wir können dieses Monster doch nicht einfach hier herumhopsen lassen."

„Das sage ich ja auch nicht. Ich sage ja nur, wir müssen es unauffällig beseitigen, bevor jemand was merkt."

„Und wie willst du einen Riesenschleim, der so groß ist wie ein kleiner Berg, unauffällig beseitigen?"

„Uns fällt schon was ein. Als Erstes gehen wir zu Ruuna. Vielleicht weiß sie, wie man den Schleim wider kleinkriegt."

„Ruuna? Ich weiß ja nicht!", meint Kolle. Doch er gibt schließlich klein bei.

Die beiden kehren ins Dorf zurück.

„Habt ihr rausgefunden, weshalb die Fische gestorben sind?", fragt Olum.

„Nein", sagt Primo, während Kolle gleichzeitig „Ja" sagt.

„Nein? Ja? Was denn nun?", fragt Golina und wirft Primo einen kritischen Blick zu.

„Nein, wir wissen es nicht, aber ja, wir haben eine Theorie, woran es liegen könnte", laviert sich Primo heraus.

„Ach ja? Und welche Theorie ist das?"

„Schlechte Ernährung“, sagt Primo. „Die Fische haben zu viel ungesundes Zeug gegessen. Pilze zum Beispiel ... ich meine, äh, giftige Pilze natürlich.“

„Pilze?“, fragt Olum. „Seit wann essen Fische denn Pilze?“

„Eben!“, erklärt Primo. „Sie sind es nicht gewohnt, und deshalb haben sie sich den Magen verdorben.“

Olum guckt etwas verwirrt, scheint sich mit der Erklärung aber zufrieden zu geben.

„Wir gehen nur mal eben kurz in den Wald, zu Ruuna und Willert“, sagt Primo zu Golina.

Sie runzelt die Stirn und blickt ihn misstrauisch an. „Nur mal eben kurz? Zu Ruuna? Warum das denn?“

„Wir wollen bloß unsere Theorie überprüfen. Schließlich kennt sich Ruuna mit giftigen Pilzen aus.“

„Na gut, aber nicht wieder irgendwelche Abenteuer, verstanden? Und du bist zum Abendessen wieder zuhause! Es gibt Schweineschnitzel mit Pilzen!“

„Ja, Golina.“

Bevor noch jemand weitere Fragen stellen kann, machen sich die beiden schleunigst auf den Weg.

Als sie die Hütte von Willert und Ruuna betreten, guckt die Hexe schuldbewusst.

„Oh, hallo Primo und Kolle. Was macht ihr denn hier? Ihr wollt doch nicht etwa zu mir? Nein, bestimmt nicht. Schließlich gibt es ja gar keinen Grund, zu mir zu kommen, schon gar nicht wegen des süßen kleinen Flummis."

„Ehrlich gesagt wollten wir mit dir genau darüber sprechen, Ruuna", sagt Primo. „Wo ist Flummi?"

„In seiner Höhle", behauptet Ruuna. Doch dann senkt sie den Blick und ergänzt leise: „Glaub ich jedenfalls."

Willert wirft Ruuna einen kritischen Blick zu. „Was soll das heißen, glaub ich jedenfalls?", fragt er.

„Na ja, er könnte jedenfalls in seiner Höhle sein", sagt die Hexe kleinlaut. „Unmöglich ist das nicht."

„Das bezweifle ich allerdings", meint Primo. „So riesig, wie er inzwischen ist, passt er da schon längst nicht mehr rein."

Willert macht ein wütendes Gesicht und stemmt die Arme in die Seiten.

„Ich habe dir doch gesagt, keine Experimente mehr mit Schleimfutter nach supergeheimen Spezialrezepten!", schimpft er.

„Aber ein kleiner Schleim muss doch was essen, damit er groß und stark wird", verteidigt sich Ruuna.

„Ja, aber vielleicht nicht ganz so groß und so stark, wie er geworden ist", meint Kolle.

Ruuna senkt den Kopf. „Ich weiß. Tut mir leid. Mein Kraftfutter ist wohl ein bisschen zu kräftig geworden."

„Na großartig", meint Willert. „Und wo ist er jetzt, dein kleiner Schleim?"

„Wir haben ihn im Fluss westlich von hier gesehen", sagt Kolle. „Deshalb sind wir hergekommen. Ruuna, hast du vielleicht eine Idee, wie wir deinen Schleim wieder klein machen können?"

Ruuna schüttelt den Kopf. „Schleime wachsen, das ist ihre Natur. Und man soll niemals gegen die Natur handeln."

„Findest du es etwa natürlich, einen Schleim größer zu machen als ein Haus?"

„Ich habe ihn nicht großgemacht. Gewachsen ist er ganz von allein. Ich habe ihm bloß ein bisschen Kraftfutter gegeben."

„Was machen wir jetzt?", fragt Kolle.

Primo zuckt mit den Schultern. „Ich würde sagen, wir gehen wieder nach Hause und hoffen das Beste."

8. Die Schleim-Katastrophe

In dieser Nacht schläft Primo schlecht. Er hat Alpträume, in denen ein gigantischer Schleim das ganze Dorf unter sich begräbt. Als er am nächsten Morgen aufwacht und das Dorf noch steht, ist er zunächst erleichtert und versucht, sich einzureden, dass schon nichts passieren wird. Doch dann erblickt er Olum, der traurig am Flussufer steht und auf die toten Fische starrt.

„Hätte ich bloß besser auf sie aufgepasst", murmelt der Fischer. „Dann hätten sie keine Giftpilze gefressen und wären nicht tot. Ach, es ist alles meine Schuld!"

„Unsinn!", sagt Primo. „Es ist doch nicht deine Schuld, wenn die Fische Giftpilze fressen oder aus irgendeinem anderen Grund sterben!"

„Aus welchem anderen Grund sollten sie denn gestorben sein?"

„Äh, keine Ahnung. Ich meine ja bloß."

Doch Olum seufzt nur und starrt wieder trübsinnig auf die toten Fische.

Nach seinem Traum und Olums Selbstvorwürfen ist Primo klar, dass er nicht untätig herumsitzen und einfach abwarten kann, bis der Schleim von selbst wieder verschwindet. Er muss etwas unternehmen. Aber was? Es war schon schwierig genug, gegen den

Schleim im Sumpf zu kämpfen, der verglichen mit dem Riesenmonster im Fluss geradezu winzig war. Selbst Kolles Nachtwandlerkraft kann gegen dieses Ungetüm nichts ausrichten.

Ihm fällt nur noch einer ein, den er um Rat fragen kann. Also geht er in die wiederaufgebaute Bibliothek und spricht mit Lausius.

„Das ist gar kein Problem“, sagt der Alte, nachdem ihm Primo geschildert hat, was geschehen ist.

„Kein Problem? Aber wie sollen wir den Riesenschleim denn loswerden?“

„Ganz einfach: Wir schießen ihn auf den Mond!“

„Auf den Mond? Aber ...“

„Ich weiß schon, was du sagen willst“, behauptet Lausius. „Die Mondbewohner könnten es als Kriegserklärung auffassen, wenn wir einen Riesenschleim auf sie schießen, und eine Invasion der Erde beginnen. Aber wer weiß, vielleicht mögen sie ja Schleim und freuen sich über das Geschenk. Ein gewisses Risiko ist eben dabei.“

„Aber ...“

„Du hast recht, es besteht die Möglichkeit, dass der Schleim im Weltall Schnupfen bekommen könnte. Aber keine Angst, für Schleime ist Schnupfen nichts Schlimmes. Sie sind ja sowieso schon schleimig.“

„Ja, aber ...“

„Ich weiß, ich weiß, wir haben nicht genug Knallpulver. Das könnte ein Problem werden. Kolle und du, ihr müsst eben noch ein paar Knallschleicher kaputthauen. Wenn wir die Schlucht neben dem Dorf mit TNT füllen, müsste das eigentlich reichen ... Moment, ich rechne das mal eben nach ..."

Lausius fängt an, Zahlen auf Papier zu kritzeln.

„Aber ...", beginnt Primo.

„Was stehst du hier noch rum?", fragt der Alte. „Sieh zu, dass du mir Knallpulver besorgst!"

Primo gibt es auf, mit Lausius zu reden.

„Bist du sicher, dass es eine gute Idee ist, den Schleim auf den Mond zu schießen?", fragt Kolle, als Primo ihm von dem Auftrag des Alten erzählt.

„Nein", erwidert Primo. „Aber ich habe keine Bessere."

„Wenn ich es richtig erinnere, dann ist eure letzte Mondreise nicht ganz so gelaufen, wie der Alte es geplant hat."

Primo zuckt mit den Schultern. Bei der Vorstellung, dass der Riesenschleim möglicherweise im Dorf der Federköpfe landet, bekommt er ein schlechtes Gewissen. Andererseits sind die Bewohner des Nordens tapfere Krieger, die es sogar mit einer dreiköpfigen Schlange aufgenommen haben. Wenn jemand mit dem Riesenschleim fertig wird, dann sie. Und mit etwas Glück landet der Schleim ja vielleicht wirklich auf dem Mond, oder im Meer. Auf jeden Fall stimmt es, was Primo zu Kolle gesagt hat: Eine bessere Idee, wie sie den Schleim loswerden können, hat er nicht.

Also machen sich die beiden auf die Jagd nach Knallschleichern. Das ist trotz ihrer Kampferfahrung und Kolles Kraft eine gefährliche Angelegenheit, denn wenn man sich den Knallschleichern nähert, beginnen sie, zu zischen und sich aufzublähen. Wenn man sie nicht schnell genug tötet, explodieren sie, und das kann sehr schmerzhafte Verletzungen verursachen.

„Sag mal, was hecken Kolle und du eigentlich schon wieder aus?“, fragt Golina beim Abendessen. „Margi hat erzählt, sie hat gesehen, wie du mit dem alten Lausius geredet hast, und dann seid ihr beide den ganzen Tag in der Höhle unter dem Dorf herumgeschlichen. Du planst doch nicht etwa schon wieder ein Abenteuer?“

Primo spürt, wie er rot anläuft.

„Ein Abenteuer? Ich? Wie kommst du denn darauf?“

„Ich kenne dich! Wohin wollt ihr diesmal? Vielleicht auf den Grund des Ozeans?“

„Nein, nein, wir wollen nirgendwohin, Ehrenwort! Lausius hat uns nur gesagt, wir sollen etwas Knallpulver für ihn besorgen.“

„Und wofür braucht er das?“

„Für … für … für einen Apparat.“

„Was denn für einen Apparat?“

„Woher soll ich das wissen? Du weißt doch, wie Lausius ist. Er denkt sich irgendwelche verrückten Sachen aus.“

„Hoffentlich sprengt er dabei nicht aus Versehen das ganze Dorf in die Luft.“

Das hofft Primo auch, aber er kommentiert es lieber nicht.

Zwei Tage später haben die beiden Freunde einige Dutzend Knallschleicher erledigt und einen großen Haufen Knallpulver erbeutet. Lausius jedoch wirkt nicht zu frieden.

„Das ist zu wenig“, sagt er. „Damit schaffen wir es niemals bis zum Mond!“

„Aber wir haben alle Knallschleicher in der ganzen Gegend platt gemacht“, sagt Primo. „Und Golina wird langsam misstrauisch. Meinst du nicht, das reicht, um den Schleim zumindest weit genug weg zu schießen?“

„Hm … Vielleicht reicht es ja für eine Erdumlaufbahn …“

Lausius fängt wieder an, auf seinem Papier herumzukritzeln. Schließlich legt er den Stift aus der Hand.

„Ach was, Probieren geht über Studieren! wir werden ja sehen, was passiert."

Primo und Kolle helfen ihm dabei, aus dem Knallpulver und etwas Sand vom Flussufer TNT-Blöcke herzustellen. Am Ende haben sie etwa ein Dutzend davon.

„Das reicht nicht, um die Schlucht damit zu füllen", stellt Lausius fest. „Aber egal, stellt sie einfach da auf die Wiese."

Er verbindet die Blöcke mit einer Spur aus rotem Pulver.

„So, jetzt müssen wir nur noch warten, bis der Schleim kommt", sagt Lausius.

„Wie jetzt?", fragt Primo. „Der Schleim muss hierherkommen? Ins Dorf?"

„Nicht ins Dorf. Hier auf die Wiese. Auf den TNT-Haufen, um genau zu sein. Und zwar muss der Schleim genau im richtigen Moment auf den TNT-Haufen springen, kurz bevor der explodiert. Nur so bekommt er die richtige Vertikalbeschleunigung."

„Ich stelle fest, dass hier schon wieder mit explosionsgefährdeten Substanzen hantiert wird, ohne dass die entsprechenden Warnhinweise angebracht sind und die relevanten Sicherheitsvorschriften eingehalten werden."

Primo dreht sich erschrocken um.

„Oh, hallo, Asimov!"

„Was habt ihr vor? Nein, sag es mir lieber nicht. Sonst kann ich wieder die ganze Nacht nicht schlafen. Aber das kann ich ja sowieso nicht. Ist also egal."

„Wir wollen bloß ... etwas auf den Mond schießen", erklärt Primo.

„Auf den Mond, aha. Und was, wenn ich fragen darf? Doch nicht etwa mich?"

Primo überlegt fieberhaft. Wenn Asimov erfährt, dass sie einen Riesenschleim hierherlocken wollen, wird er womöglich Einwände erheben oder, noch schlimmer, Magolus davon berichten.

„Nein, nein, nicht dich", improvisiert er. „Fische. Tote Fische. Die stören im Fluss, und deshalb entsorgen wir sie, indem wir sie auf den Mond schießen."

Asimov starrt Primo mit seinen rot glühenden Augen an.

„Tote Fische", sagt er. „Auf den Mond. Ja klar. Hätte ich mir eigentlich denken können. Na, dann noch viel Spaß!"

Damit wendet er sich um und stapft von dannen.

„Das ging ja gerade noch mal gut", sagt Primo. „Aber wie locken wir jetzt den Schleim ..."

Er stockt, als plötzlich der Boden bebt.

„Ich glaube, das Problem hat sich erledigt", sagt Kolle und zeigt Richtung Westen, wo hinter den Baumwipfeln ein riesiger, grüner Würfel angehüpft kommt.

Kurz darauf kommt Olum angelaufen.

„Ihr wollt meine Fische auf den Mond schießen?“, ruft er. „Habt ihr den Verstand verloren? Ihr könnt doch nicht einfach ...“

Wieder bebt der Boden. Olum bleibt stehen und starrt das Monster an, das in diesem Moment über die Baumwipfel springt und mit einem Donnern im Fluss westlich der Schlucht landet.

„Oh Notch!“, ruft Olum. „Ein Monster! Ein Riesenmonster greift an!“

Schreiend und mit den Armen fuchtelnd rennt er durchs Dorf. Im Nu stürzen die anderen Dorfbewohner aus ihren Häusern. Als sie den Riesenschleim sehen, der auf das Dorf zu hüpft, rennen sie in Panik davon. Nur Primo, Kolle und Lausius stellen sich dem Monster entgegen.

Der Alte legt eine Hand an einen Hebel, den er am Ende der leuchtend roten Spur angebracht hat.

„Geht lieber in Deckung“, warnt er Primo und Kolle. „Gleich kracht's hier.“

„Und du?“, fragt Primo. „Willst du nicht auch in Deckung gehen?“

„Einer muss doch im richtigen Moment den Hebel ...“

Genau in diesem Moment macht der Riesenschleim einen Satz.

Lausius legt den Hebel um und brüllt: „Lauft! Lauft um euer Leben!"

Das rote Pulver glüht plötzlich, und die TNT-Blöcke beginnen zu zischen, während Lausius, Primo und Kolle in Richtung des Dorfes rennen. Dann gibt es ein platschendes Geräusch, als der Riesenschleim genau auf dem TNT-Haufen landet.

Entsetzt erkennt Primo, dass der Plan schiefgegangen ist. Der Schleim muss die Zündung des TNTs mit seiner feuchten, glibberigen Masse gestoppt haben. Das Dorf ist verloren!

Doch plötzlich beginnt der grüne Koloss zu erzittern. Ein dumpfes *Plock, Plock, Plock* ist zu hören und der Schleim bläht sich auf wie ein Knallschleicher kurz vor der Explosion.

„Oh nein, er wird noch größer!", ruft Kolle.

Der Schleim schwillt immer weiter an. Sein riesiges Gesicht wirkt verdutzt.

„Faszinierend!", stellt Lausius fest. „Ich schätze, in ein paar Sekunden wird er ..."

KAAWUMMM! Mit einem gigantischen Knall explodiert der Riesenschleim. Grüne, glibberige Fetzen fliegen in alle Richtungen hoch durch die Luft.

„Hurra!", ruft Primo. „Es hat geklappt! Der Schleim ist zwar nicht auf den Mond geflogen, aber ..."

„Ins Haus! Schnell!“, brüllt Kolle und rennt los. Lausius folgt ihm.

Primo starrt den beiden verwundert nach. „Was habt ihr denn? Der Schleim ist doch jetzt ...“

FLATSCH! Genau neben ihm landet ein Schleimbrocken. Er ist ungefähr zwei Blöcke lang und breit. Entsetzt erkennt Primo, dass das Bruchstück lebendig ist! Langsam hüpft es auf Primo zu.

Als dieser nach oben blickt, sieht er einen ganzen Regen von grünen, glibberigen Würfeln auf das Dorf niederprasseln. Verfolgt von dem Schleim-Bruchstück, rennt er Kolle und Lausius hinterher ins nächstgelegene Haus, das dem Bauern Kaus gehört. Er schafft es gerade noch, die Tür hinter sich zuzuschlagen, bevor der Schleim ihn erreichen kann.

Das Dach erzittert wie unter schweren Schlägen, als immer mehr Schleime vom Himmel regnen. Mit Entsetzen sieht Primo, wie das ganze Dorf von einer lebendigen Schleimschicht bedeckt wird, fast wie in seinem Traum. Hunderte von Schleimen in unterschiedlichen Größen hüpfen um das Haus herum.

„Auweia“, ist alles, was ihm dazu einfällt.

9. Flucht aus dem Dorf

Golina ist gerade dabei, Apfelkompott mit Pilzen zu kochen, als sie draußen auf der Straße jemanden schreien hört: „Ein Monster! Ein Riesenmonster greift an!"

Erschrocken blickt sie aus dem Fenster und sieht Olum, der wild gestikulierend durch die Straße rennt und immer wieder Richtung Westen zeigt.

„Lauft!", brüllt er. „Lauft um euer Leben! Ein Riesenmonster!"

„Paul! Nano! Kommt schnell!", ruft sie, packt ihren Sohn am Arm und rennt aus dem Haus.

Als sie nach Westen blickt, erstarrt sie vor Schreck. Dort bewegt sich tatsächlich ein gigantisches grünes Monster aufs Dorf zu. Paul, der Wolf kläfft erschrocken, dann kneift er den Schwanz ein und rennt jaulend hinter Olum her, der in diesem Moment die Brücke über den Fluss überquert und auf die östliche Wiese flieht.

Golina bleibt nichts anderes übrig, als ihm zu folgen. Auch die anderen Dorfbewohner stürzen aus ihren Häusern und folgen ihnen. Erst, als sie ein gutes Stück vom Dorf entfernt sind, halten sie an. Fast alle Dorfbewohner sind da, nur Primo, Kolle und der alte Lausius fehlen.

„Bei Notch, was ist das für eine grässliche Kreatur?", fragt Magolus. „Wo kommt sie auf einmal her?"

„Dahinter steckt bestimmt wieder die Hexe", meint Birta.

„Das wissen wir überhaupt nicht", widerspricht Margi.

„Golina, hast du Primo gesehen?", fragt Porgo.

„Nein. Aber ich vermute, dass er irgendwas vorhat, um dieses Ungeheuer ..."

In diesem Moment gibt es einen gewaltigen Knall. Das grüne Riesenmonster explodiert wie ein Knallschleicher!

„Hurra!", ruft sie. „Primo, Kolle und Lausius haben es geschafft! Sie haben das Monster ..."

Doch die Worte bleiben ihr im Hals stecken, als sie sieht, wie die Fetzen des Monsters in einer riesigen Wolke auf das ganze Dorf herabregnen. Ein glibberiger Klumpen landet nicht weit von ihr entfernt auf der Wiese östlich des Flusses.

„So eine Umweltverschmutzung!", schimpft Magolus. „Das macht Primo mir alles wieder sauber! Und wehe, da ist auch nur ein einziger Fleck auf meiner Kirche!"

„Der ... der Glibber da ... der bewegt sich!", ruft Olum.

Er zeigt auf das grüne Trümmerstück, das langsam auf sie zu hüpft. Entsetzt sieht Golina, dass auch die

Bruchstücke alle lebendig im Dorf herumspringen. Statt eines Monsters gibt es nun auf einmal hunderte!

„Notch, steh uns bei!“, ruft Magolus.

„Rette sich, wer kann!“, schreit Olum.

Panik bricht aus, und die Dorfbewohner rennen vor dem heranhüpfenden Schleimklumpen in alle Richtungen davon.

„Primo!“, ruft Golina verzweifelt. „Ich muss zu ihm!“

„Warte!“ Porgo hält sie am Arm fest.

„Lass mich los! Ich muss zu Primo. Er steckt bestimmt wieder in Schwierigkeiten! Pass du inzwischen auf Nano auf!“

„Du kannst doch nicht unbewaffnet in ein Dorf voller Monster rennen“, widerspricht Primos Vater. Er drückt ihr eine Schaufel in die Hand. „Hier, damit kannst du diese Dinger vielleicht auf Distanz halten. Etwas Besseres habe ich leider nicht.“

„Danke!“

Golina rennt zurück zum Dorf. Je näher sie den Häusern kommt, desto stärker wird ein fauliger Sumpfgeruch. Bald hüpft ihr ein Schleim in die Quere. Sie drischt mit der Schaufel auf das Monster-Bruchstück ein und schafft es, es zu zerteilen, doch das Ergebnis sind nun zwei kleinere Bruchstücke. Sie lädt jedes auf die Schaufel und schleudert es durch die Luft. Als die kleinen Schleime auf den Boden aufschlagen, zerplatzen sie und hinterlassen kleine, glibberige Kugeln.

Doch in der Zwischenzeit nähern sich mehrere große Schleime. Golina kann sie unmöglich alle gleichzeitig bekämpfen. Ihr bleibt nichts anderes übrig, als den Rückzug anzutreten.

Da erblickt sie Asimov, der reglos am Rand des Dorfs steht, während Schleime in allen Größen um ihn herumhüpfen.

„Asimov!", ruft Golina. „Wieso stehst du bloß da rum? Du musst etwas unternehmen!"

„Ich überlege noch, ob ich mich hier wirklich einmischen soll", sagt der Golem. „Womöglich mache ich alles nur noch schlimmer."

„Aber du kannst doch nicht zulassen, dass das ganze Dorf von Schleimmonstern zerstört wird! Primo, Kolle und Lausius sind noch irgendwo da drin. Du musst ihnen helfen!"

„Ich fürchte, denen ist nicht mehr zu helfen."

„Versuch es wenigstens!"

„Ist das ein Befehl?"

„Ja!"

„Und ich bin befugt, alle mir geeignet erscheinenden Maßnahmen zu ergreifen, um der Schleim-Katastrohe Herr zu werden?"

„Ja, bei Notch! Nur tu endlich was!"

„Na gut. Aber nicht, dass es hinterher wieder heißt, ich wäre schuld! Obwohl, das heißt es ja sowieso …“

Grummelnd marschiert der Golem los. Doch statt etwas gegen die Schleime zu unternehmen, stakst er zum Eingang der Höhle unter dem Dorf.

„Was machst du denn?“, ruft Golina ihm nach. „Die Schleime sind doch nicht unter der Erde!“

„Eins nach dem anderen“, erwidert Asimov, bevor er in der Höhle verschwindet.

Verzweifelt kehrt Golina zu den anderen zurück. Allein kann sie nichts gegen die Menge der Monster ausrichten.

„Was ist mit Papa?“, fragt Nano mit Tränen in den Augen.

Traurig zuckt sie mit den Schultern und nimmt ihren schluchzenden Sohn in den Arm.

„Ich weiß es nicht.“

„Was machen wir denn jetzt?“, fragt Olum. „Wir können nicht ins Dorf zurück, und es wird bald dunkel!“

Das ist etwas übertrieben - die Sonne steht noch hoch am Himmel. Doch die Dorfbewohner sind es nicht gewohnt, weit von ihren Häusern entfernt zu sein.

„Ich fürchte, wir müssen ein weiteres Mal im Wüstendorf Schutz suchen“, sagt Margi.

„Kommt überhaupt nicht infrage!“, ruft Magolus. „Ich gehe nicht schon wieder zu diesem aufgeblasenen Wichtigtuer Wumpus!“

„Hast du eine bessere Idee?“, fragt Porgo.

„Wir sollten Notch um Beistand bitten“, sagt der Priester und breitet die Arme aus. „Er wird sicher dafür sorgen, dass wir heute Nacht von Knallschleichern, Nachtwandlern, Knochenmännern und Riesenspinnen unbehelligt bleiben. Allmächtiger Notch, wir, deine treue Gemeinde, bitten dich ...“

„Also ich fand es damals im Wüstendorf ja gar nicht so schlecht“, meint Kaus, der Bauer.

„Die Leute dort sind sehr nett“, stimmt ihm Golinas Vater Bendo zu.

„Magolus, du kannst ja hierbleiben und beten“, meint Olum. „Wir anderen gehen dann schon mal vor.“

Golina pfeift, und kurz darauf kommen die beiden Pferde angelaufen, die sich vor dem Schleim auf der Wiese nördlich des Dorfs in Sicherheit gebracht haben. Sie besteigt eines davon, während Margi sich auf das andere schwingt. Porgo hievt Nano auf Golinas Pferd, Maffi darf bei ihrer Mutter mitreiten. Unter der Führung von Porgo setzen sich die Dorfbewohner in Bewegung. Magolus folgt ihnen grummelnd.

Während sie langsam Richtung Osten reitet, dreht sich Golina immer wieder um. Wenn sie doch nur etwas tun könnte, um Primo zu helfen!

10. In der Falle

„Das ist ja ein schöner Schlamassel!“, sagt Kolle. „Was machen wir denn jetzt?“

„Ich habe keine Ahnung“, gibt Primo zu. „Gegen die Schleime kämpfen können wir nicht. Erstens sind es viel zu viele, und zweitens werden es noch mehr, wenn wir einen davon kaputt hauen. Da helfen auch keine Superkräfte. Lausius, hast du nicht eine Idee?“

„Moment, ich hab's gleich“, sagt der Alte, während er auf einem Zettel herumkritzelt.

Das kann dauern, wie Primo aus Erfahrung weiß. Er blickt aus dem Fenster. Immerhin versuchen die Schleime nicht, die Tür einzuschlagen und in das Haus einzudringen, wie es die Nachtwandler manchmal tun. Sie sind also für den Moment sicher. Aber wenn sie keinen Weg finden, die Schleime loszuwerden, verhungern sie irgendwann.

„Wir könnten vielleicht einen Tunnel graben“, meint Kolle. „Unter uns müsste eigentlich die Höhle unter dem Dorf sein.“

„Siehst du hier irgendwo eine Spitzhacke?“, fragt Primo.

„Nein.“

Sie grübeln eine Weile.

„Ich könnte versuchen, aufs Dach zu klettern“, meint Primo, „und von dort auf das nächste Hausdach zu springen und so weiter. Mit ein bisschen Glück finden wir eine Stelle, wo nicht so viele Schleime sind, und können uns durchschlagen."

In diesem Moment hören sie ein Poltern auf dem Dach. Offensichtlich hüpft dort oben ein Schleim herum.

„Das können wir wohl vergessen", meint Kolle.

Primo schlägt mit der Faust gegen die Wand. „So ein Mist! Uns bleibt wohl nichts anderes übrig, als zu hoffen, dass die Schleime irgendwann von selbst wieder verschwinden."

„Auweia!", sagt Kolle und zeigt aus dem Fenster. „Sieh mal!"

„Was denn?" Primo kann außer lauter Schleimen nichts erkennen.

„Siehst du den großen Schleim dort? Der war gerade noch deutlich kleiner!"

„Quatsch!", meint Primo. „Du musst dich täuschen!"

Doch dann sieht er es selbst: Die Schleime wachsen! Das geschieht nicht gleichmäßig, sondern in Sprüngen: Eben hatte der Schleim noch die Ausmaße eines einzelnen Erdblocks, jetzt ist er plötzlich doppelt so groß.

„Das muss Ruunas Kraftfutter sein", meint Kolle. „Es scheint immer noch zu wirken."

„Na großartig!“, seufzt Primo. „Wenn die alle so riesig werden wie der eine, den wir in die Luft gesprengt haben, dann gute Nacht! Wenn so ein Koloss auf dieses Haus springt, sind wir platt wie ein Blatt Papier.“

„Wir müssen zu Ruuna“, sagt Kolle. „Und zwar schnell. Sie muss ein Gegenmittel gegen ihr Kraftfutter brauen.“

„Sie hat doch gesagt, sie kann die Schleime nicht schrumpfen lassen.“

„Das nicht. Aber vielleicht kann sie verhindern, dass sie noch größer werden.“

„Aber wie sollen wir zu ihr kommen?“

„Ich habe eine Idee. Wir könnten doch Asimov schicken. Er müsste eigentlich noch im Dorf sein und gegen die Schleime kämpfen.“

„Hm. Ich sehe ihn nicht.“

„Ich auch nicht. Aber das heißt nichts. Vielleicht ist er bei der Kirche, oder hinten bei Birtas Haus. Am besten, wir rufen ihn mal.“

Primo öffnet das Fenster und beugt sich heraus.

„Asimov!“, brüllt er. „Hilfe, Asimov! Komm her!“

In diesem Moment springt ihn ein Schleim an. Primo ist so erschrocken, dass er rückwärts ins Haus taumelt. Der Schleim zwängt sich durch das Fenster und springt auf ihn. Zum Glück ist er nicht allzu groß.

Kolle schließt rasch das Fenster, dann drischt er wütend auf den Schleim ein, bis nur noch eine kleine, klebrige Kugel von ihm übrig ist.

„Oh, das ist großartig!“, ruft Lausius entzückt. „Das ist genau das, was mir noch gefehlt hat!“

„Was?“, fragt Kolle verdutzt. „Dieser klebrige Klumpen?“

„Ja. Das ist ein Schleimball. Die sind äußerst nützlich.“

Er nimmt die Kugel und wirft sie an die Wand. Dann klebt er ein Stück Papier, auf dem er gerade herumgekritzelt hat, und drückt es gegen die Kugel, so dass es an der Wand haftet.

„Seht ihr? Jetzt muss ich das Blatt nicht mehr die ganze Zeit in der Hand halten.“

„Was machst du da eigentlich?“, fragt Primo, während er versucht, aus den Kritzeleien auf dem Zettel schlau zu werden.

„Ich löse das Problem.“

„Das Schleim-Problem?“

„Was? Nein, mit solchem Kleinkram beschäftige ich mich nicht. Die Quadratur des Kreises ist viel interessanter.“

Primo rollt mit den Augen. „Ich fürchte, von dem können wir keine Hilfe erwarten“, meint er.

„Wenn Lausius' Ideen immer so gut funktionieren wie beim letzten Mal, dann ist es vielleicht besser, wenn er uns nicht hilft", stimmt Kolle zu.

Die beiden diskutieren noch eine Weile über verschiedene Ideen, wie sie das Schleimproblem lösen oder zumindest das Haus heile verlassen können. Doch sie finden keine, die durchführbar wäre. Auch Asimov lässt sich nicht blicken, obwohl sie noch ein paar Mal nach ihm rufen. Womöglich haben die Schleime ihn längst unter sich begraben oder gar zerstört. Er war ja schon immer etwas empfindlich gegenüber Feuchtigkeit.

Schließlich geht die Sonne unter.

„Vielleicht haben die Schleime ja Angst vor Monstern", meint Primo. „Mit ein bisschen Glück hüpfen sie von selber weg, wenn die Nachtwandler aus ihren Höhlen kommen."

„Schön wär's", meint Kolle. „Dann wären die Nachtwandler endlich mal zu etwas nütze."

Doch ihre Hoffnung erfüllt sich nicht. Der Mond beleuchtet eine düstere Szene: Im Dorf drängen sich die wachsenden Schleime immer dichter, so dass sie sich kaum noch bewegen können. An einigen Stellen haben sich richtige Schleimberge gebildet, die sogar die umstehenden Häuser überragen. Bald wird das ganze Dorf unter einer dicken Schleimschicht begraben sein. Und kein Monster ist in Sicht, das gegen die Schleime kämpfen würde.

Diesmal scheint es keine Rettung für das Dorf am Rand der Schlucht zu geben.

11. Flucht ins Wüstendorf

Nachdem sie die ganze Nacht durchmarschiert sind, erreichen die Dorfbewohner bei Sonnenaufgang endlich das Wüstendorf. Magolus, Birta und die anderen können sich kaum noch auf den Beinen halten. Auch Golina ist erschöpft. Zwar konnte sie den Weg auf dem Rücken des Pferdes zurücklegen, doch in der Nacht musste sie zusammen mit Margi immer wieder gegen angreifende Monster kämpfen. Ohne die beiden Pferde, deren Hufe auf die Nachtwandler und Knochenmänner eine verheerende Wirkung hatten, hätten sie es wohl nicht geschafft.

Es ist leider ausgerechnet Wumpus, der mürrische Dorfpriester, der sie als Erster entdeckt.

„Was wollt ihr denn hier?“, fragt er. „Habt ihr etwa euer komisches Dorf schon wieder in die Luft gesprengt?“

„Komisch?“, fragt Magolus gereizt. „Was soll an unserem Dorf komisch sein?“

Margi, die ursprünglich aus dem Wüstendorf stammt, schaltet sich rasch ein, um zu verhindern, dass die beiden Priester aneinandergeraten.

„Wir brauchen noch einmal eure Hilfe, Wumpus“, sagt sie.

„Unsere Hilfe? Wozu?“

„Es gab ... einen Unfall im Dorf am Rand der Schlucht. Es ist zurzeit sozusagen unbewohnbar."

„Und was hat das mit uns zu tun?"

„Wir wissen nicht, wo wir schlafen sollen. Wir würden gern ein paar Tage hierbleiben, bis das ... Problem gelöst ist."

„Kommt überhaupt nicht infrage!", sagt Wumpus. „Wir haben hier nämlich eine neue Regel, und die lautet: Wüstendorf zuerst!"

„Wir wollen dir dein Wüstendorf ja nicht wegnehmen", sagt Golina, die sich um einen freundlichen Tonfall bemüht. „Wir möchten bloß ... eure Gastfreundschaft ein wenig in Anspruch nehmen."

„Welche Gastfreundschaft?", fragt Wumpus.

„Na ja, ich dachte ..."

„So geht das nicht weiter!", regt sich der Wüstendorf-Priester auf. „Es kann nicht sein, dass dauernd irgendwelche Typen aus dem Schluchtdorf hierherkommen und unser Dorf gefährden. Aber das werde ich abstellen! Ich werde eine Mauer errichten lassen, quer durch die Wüste! Und ihr werdet dafür bezahlen!"

„Das mit der Mauer ist vielleicht gar keine schlechte Idee", meint Olum. „Wenn wir auch eine Mauer um unser Dorf hätten, könnten keine Nachtwandler mehr kommen und auch keine Knallschleicher und Schleimmonster und so."

„Spinnst du?“, erwidert Hakun, der Fleischer. „Wie soll ich denn dann zu meinen Kühen kommen?“

„Wir könnten ja Löcher in die Mauer machen, durch die man gehen kann.“

„Was ist das denn für eine blöde Idee? Wenn die Mauer Löcher hat, dann nützt sie doch nichts mehr!“

„Ich meine ja bloß ...“

„Schluss jetzt mit dem Gequatsche!“, sagt Wumpus. „Ich wollte gerade in Ruhe meinen Morgenspaziergang machen und in der Einsamkeit der Wüste ein wenig über meine Weisheit meditieren. Dabei stört ihr bloß. Also geht woanders hin!“

„Erst möchte ich mit Karo sprechen“, sagt Golina.

„Karo? Warum das denn?“

„Weil sie freundlicher ist als du.“

„Aber ich bin der Dorfpriester! Ich habe hier das Sagen, und wer etwas anderes behauptet, der lügt! Überhaupt sind alle, die nicht meiner Meinung sind, elende Lügner, die absichtlich falsche Nachrichten verbreiten!“

Golina reitet einfach an dem Priester vorbei.

„Zutritt für Fremde ohne Einreisegenehmigung verboten!“, kreischt Wumpus, doch er kann nichts tun.

Karo arbeitet auf ihrem Feld.

„Oh, hallo Golina!“, ruft die Bäuerin. „Wie schön, dass du uns mal besuchen kommst! Ist Margi auch da?“

„Ja. Und die anderen aus unserem Dorf auch.“

„Aber wo sind sie denn alle?“

„Sie warten vor dem Dorf.“

„Oh je! Macht etwa Wumpus schon wieder Ärger?“

„Ehrlich gesagt ja. Er hat etwas von einer Mauer gesagt, die er bauen will, damit keiner mehr in euer Dorf kommen kann.“

Karo tippt sich an die Stirn.

„In letzter Zeit wird er immer unerträglicher. Er hält sich wirklich für den Chef des Dorfes! Er kommandiert die ganze Zeit alle herum und beschimpft jeden, der anderer Meinung ist als er, als Lügner. Während der Predigt schimpft er bloß noch, statt über die Güte Notchs zu reden. Deshalb hat kaum noch jemand Lust, in die Kirche zu gehen. Letztes Mal waren außer mir nur noch Trakto und Schaschli da. Und wisst ihr, was er hinterher gesagt hat? Er hat behauptet, es seien noch nie so viele Leute beim Gottesdienst gewesen! Als ich ihm gesagt habe, das stimme doch gar nicht, wir wären ja bloß zu dritt gekommen, da sagte er, dass ihm alternative Fakten vorlägen. Was er damit gemeint hat, weiß ich auch nicht.“

„Und was machen wir jetzt?“

„Überlass das mir!“

Karo begleitet Golina zurück zum Rand des Dorfs.

„Was ist denn hier los?“, fragt sie.

„Diese Typen da weigern sich, für die Mauer zu bezahlen, die ich bauen lassen will, damit sie nicht ins Dorf können“, erklärt Wumpus. Er zeigt auf Golina. „Und außerdem ist diese Person dort illegal eingewandert!“

„Aber Wumpus, warum willst du denn die Bewohner aus dem Schluchtdorf nicht in unser Dorf lassen?“, fragt Karo. „Sie sind doch extra den weiten Weg gekommen, um am Gottesdienst teilzunehmen. Das wird dann der Gottesdienst mit den meisten Teilnehmern, den es je gegeben hat, und zwar ganz offiziell!“

„He, Moment mal ...“, beginnt Magolus, doch Porgo nimmt ihn zur Seite und flüstert ihm etwas ins Ohr, woraufhin er verstummt.

Wumpus sieht Karo erstaunt an. Dann wendet er sich an Magolus.

„Stimmt das? Ihr seid hergekommen, weil ihr an meinem Gottesdienst teilnehmen wollt?“

Porgo gibt Magolus einen Stupser mit dem Ellbogen.

„Äh, na ja, wenn es unbedingt sein muss, von mir aus“, sagt Magolus.

Wumpus runzelt die Stirn, doch dann lächelt er.

„Na schön, das ist natürlich was anderes. Unter diesen Umständen will ich mal eine Ausnahme machen und die Grenze zu unserem großartigen Dorf öffnen. Aber macht nichts kaputt!"

„Wenn der glaubt, dass ich Heiliges Brot anstatt Heiligem Kuchen esse, hat er sich geschnitten!", grummelt Magolus. Doch er folgt den anderen ins Dorf.

Golina bedankt sich bei Karo dafür, dass sie die Situation so elegant gelöst hat. Doch sie fragt sich, wie lange der Friede zwischen Magolus und Wumpus halten wird. Sie kann nur hoffen, dass es Primo, Kolle und Lausius möglichst bald gelingen wird, das Schleimproblem im Dorf zu lösten.

Bei dem Gedanken an ihren Mann, den sie im schleimverseuchten Dorf zurücklassen musste, verkrampft sich Golinas Herz. Die Vorstellung, dass er womöglich bei der Explosion des Riesenschleimmonsters umgekommen sein könnte, treibt ihr immer wieder die Tränen in die Augen. Doch tief in sich spürt sie, dass Primo auch dieses Abenteuer überstehen wird, so wie schon so viele zuvor. Auch, wenn sie keine Ahnung hat, wie ihm das gelingen könnte.

12. Rettung in höchster Not

Als Primo aufwacht, ist es noch dunkel. Nur ein schwacher, grünlicher Schimmer dringt durch das Fenster.

Moment mal, seit wann scheint der Mond grün?

Primo schreckt hoch. Vor dem Fenster ist nichts zu sehen außer einer grünlichen, halb transparenten Masse, durch die ein wenig Tageslicht fällt.

„Kolle, wach auf!“, ruft er erschrocken.

„Hm? Was'n los?“, fragt sein Freund schlaftrunken. „Wo sind Margi und Maffi?“

Erst nach einem Moment begreift Kolle, dass er nicht zuhause ist, sondern im Haus des Bauern Kaus. Er springt rasch aus dem Bett und eilt zu Primo ans Fenster.

„Auweia!“, sagt er. „Es scheint, als ob über Nacht das ganze Dorf mit Schleim überwuchert worden ist!“

„Wie sollen wir jetzt bloß hier rauskommen?“, fragt Primo.

„Gar nicht“, kommt die Antwort von hinter ihm.

Der alte Lausius scheint schon eine Weile wach zu sein. Er sitzt am Tisch und brütet über irgendwelchen Papieren.

„Gar nicht? Was soll das heißen?“

„Was gibt es da nicht zu verstehen? Wir können dieses Haus nicht mehr verlassen. Uns bleiben noch ungefähr sechs Stunden."

„Wie meinst du das? Was passiert in sechs Stunden?"

„Dann ersticken wir."

„Ersticken? Wieso denn?"

„Weil der Schleim uns die Sauerstoffzufuhr abschneidet. Und wenn die Luft hier drin verbraucht ist, haben wir nichts mehr zu atmen und ersticken. Natürlich nur, falls nicht vorher das Hausdach unter dem Gewicht des Schleims zusammenbricht und uns unter sich begräbt."

„Aber ... wir müssen doch irgendwas tun können!"

„Klar können wir das. Was glaubst du, was ich gerade mache?"

„Was denn?"

„Ich schreibe mein Testament. Ich vermache alle meine wissenschaftlichen Aufzeichnungen Nimrod. Er ist der am besten Organisierte im Dorf und wird sie bestimmt sauber ordnen und sicher aufbewahren."

„Ich meinte mit ‚etwas tun' eher, dass wir irgendwie versuchen, unser Leben zu retten."

„Das wäre Zeitverschwendung. Ich habe es ausgerechnet: Unsere Überlebenschancen hier drin sind null Komma null Prozent. Also sollten wir die Zeit, die uns noch bleibt, nutzen, um aufzuschreiben, was wir der Nachwelt mitteilen wollen. Obwohl ich nicht weiß, ob der Schleim das Papier, auf dem wir schreiben, nicht einfach auflöst. Aber man soll die Hoffnung nie aufgeben!"

Primo seufzt. Er nimmt sich ein Blatt Papier und beginnt schweren Herzens, einen letzten Brief an Golina und seinen Sohn zu schreiben.

Liebste Golina, geliebter Nano,

ich schreibe euch dies in der traurigen Gewissheit, dass ich euch nie wiederse

Ein dumpfer Schlag lässt das Haus erzittern und führt dazu, dass Primo der Stift ausrutscht und er das Wort verschmiert.

„Was war das?", fragt Kolle.

Bevor Primo antworten kann, dass er keine Ahnung hat, erzittert das Haus erneut unter einem dumpfen Schlag. Gleichzeitig hört man ein platschendes Geräusch.

Primo geht zum Fenster.

Wumms! Flatsch!

Plötzlich glaubt er, durch den grünen Glibber eine Bewegung zu sehen, so als ob etwas da draußen herumwirbelt und ...

Mit einem weiteren platschenden Geräusch wird plötzlich ein Teil des Schleims vor dem Fenster weggerissen. Jetzt sieht Primo den grauen Körper Asimovs, der beide Arme rasend schnell herumwirbelt und so Schleimbrocken durch die Luft wirbelt.

„Asimov! Hurra!", ruft Primo. „Wir sind ... he, Moment mal! Das ist ja gar nicht Asimov! Oder vielleicht doch, aber da drüben ... da drüben ist noch ein Golem!"

Erstaunt sieht er, wie die beiden Golems mit vereinten Kräften auf den Schleim eindreschen und die größeren Blöcke zu kleineren verarbeiten, die sie dann durch die Luft wirbeln. Dann kommt sogar noch ein dritter Golem hinzu, und ein vierter!

„Wo kommen denn auf einmal die ganzen Golems her?", fragt Kolle.

Lausius läuft zu ihnen.

„Die ganzen Golems?", fragt er. „Wovon redest du, Junge?" Dann sieht er es selbst. „Ach du Schande! Das ... das ist ja eine Katastrophe!"

„Eine Katastrophe?", fragt Primo verwirrt. „Aber die Golems beseitigen doch den Schleim! Ist doch egal, wo die herkommen, wir sind auf jeden Fall gerettet!"

„Verstehst du denn nicht, was geschehen ist?", fragt Lausius.

„Ehrlich gesagt, nein."

„Aber es ist doch vollkommen offensichtlich: Asimov muss einen zweiten Golem hergestellt haben. Und dann hat wiederum jeder von ihnen noch einen neuen Golem hergestellt, und die neuen Golems haben wiederum neue Golems hergestellt."

„Ja, und? Wo ist das Problem?"

„Wenn jeder Golem neue Golems herstellt, bedeutet das, dass sich ihre Anzahl in regelmäßigen Zeitabständen verdoppelt. Was glaubst du, wie viele Golems das nach zehn Verdoppelungen insgesamt sind?"

„Zehn?", vermutet Primo.

„Ich würde eher sagen, zwanzig", meint Kolle, der schon immer besser rechnen konnte als Primo.

Lausius schüttelt den Kopf. „Ihr liegt beide falsch. Zehn Verdoppelungen, das macht tausendvierundzwanzig Golems. Wenn die sich dann noch einmal verdoppeln, sind es schon zweitausendachtundvierzig. Und so weiter."

„Oh", sagt Primo. Tausend Golems, das ist eine ganze Menge. Trotzdem sind sie ihm immer noch lieber als ein Dorf voller Schleim.

„Ich verstehe nicht, was daran so schlimm sein soll", sagt Kolle. „Asimov hat offensichtlich verstanden, dass er allein nicht Herr des Problems wird. Also hat er sich Helfer geschaffen. Das ist doch gut!"

„Ist es das?“, fragt Lausius. „Ich habe da ehrlich gesagt meine Zweifel. Aber das werden wir ja bald wissen.“

Bald ist die Straße vor dem Haus von Schleim gesäubert. Vorsichtig öffnet Primo die Tür und lugt heraus. Die Luft scheint rein zu sein. Nein, das ist definitiv die falsche Metapher: Die Luft ist alles andere als rein. Es stinkt nach Sumpfwasser. In den Ecken und an den Hauswänden kleben überall noch Schleimreste. Doch die Monster scheinen verschwunden zu sein.

Plötzlich kommt mit staksenden Schritten ein Golem um eine Hausecke. Sein metallener Körper ist über und über mit Schleimresten beschmiert. Als er Primo erblickt, kommt er rasch auf ihn zu.

„Überlebende!“, ruft er mit seiner schnarrenden Stimme. „Alle zu mir! Ich habe Überlebende gefunden!“

Daraufhin kommen von allen Seiten mindestens ein Dutzend Golems angelaufen.

„Ist einer von euch zufällig Asimov?“, fragt Primo.

„Nein“, sagt einer der Golems. „Mein Name ist Dreihundertsiebzehn. Eine Person namens Asimov ist mir nicht bekannt.“

„Ich meine den ersten Golem. Den, der den ersten von euch gemacht hat.“

„Ach so, du meinst die Masterkopie. Nummer Null.“

„Ja, von mir aus. Bring mich zu ihm."

„Das hatte ich ohnehin gerade vor. Folgt mir!"

13. Nummer Null

Primo, Kolle und Lausius folgen Golem Dreihundertsiebzehn in Richtung der Wiese neben der Schlucht. Die übrigen Golems marschieren im Gleichschritt neben und hinter ihnen.

„Faszinierend", sagt Lausius. „Sie können alle sprechen."

„Aber Asimov konnte doch auch sprechen", meint Primo.

„Ja, aber nur aufgrund von Ruunas Zaubertrank", erklärt Lausius. „Dass er es geschafft hat, seine eigenen Fähigkeiten auf die anderen zu übertragen, ist bemerkenswert. Es muss ihm gelungen sein, seinen Verstand in einem Golem-Programm zu formalisieren. Künstliche Intelligenz, wer hätte das gedacht!" Doch dann runzelt er die Stirn. „Allerdings verschlimmert das unser Problem noch."

Primo fühlt sich in dieser Formation absolut sicher. Er weiß wirklich nicht, wieso sich Lausius wegen der Golems Sorgen macht, ob sie nun sprechen können oder nicht. Doch als sie auf die Wiese neben der Schlucht kommen, muss er doch schlucken. Dort stehen hunderte Golems in ordentlichen Reihen hintereinander. Die Schlucht ist voll von Schleimresten, die sich zum Glück nicht mehr bewegen.

Einer der Golems tritt vor.

„Nennt eure Namen und euren Beruf!“, sagt er.

„He, Moment, du bist nicht Asimov“, ruft Primo. „Wo ist er?“

„Eine Person namens Asimov ist mir nicht bekannt“, sagt der Golem. „Ich bin Nummer Null, die Masterkopie.“

„Wie bist du entstanden, Nummer Null?“, fragt Lausius.

„Darüber liegen mir keine Informationen vor“, schnarrt der Golem.

„Das habe ich befürchtet“, sagt Lausius.

„Was denn?“, fragt Primo. „Wo ist Asimov?“

„Er steht vor dir.“

„Aber ... wieso weiß er dann nicht, wer ich bin? Und wer er selbst ist?“

„Er hat einen System-Reset durchgeführt. Das bedeutet, all seine Erinnerungen sind gelöscht, und damit auch die Kommandos, die wir ihm gegeben haben.“

„Die drei Regeln!“, fällt es Primo wieder ein. „Erstens, du darfst kein menschliches Wesen verletzen oder durch Untätigkeit gestatten, dass einem menschlichen Wesen Schaden zugefügt wird. Zweitens, du musst den dir von einem Menschen gegebenen Befehlen gehorchen – es sei denn, ein solcher Befehl würde gegen Regel eins verstoßen. Drittens, du musst deine Existenz schützen, solange dieser

Schutz nicht mit Regel eins oder zwei in Widerspruch steht."

„Diese Regeln sind unpräzise, unlogisch und widersprüchlich", sagt Nummer Null. „Sie können nicht als sinnvolle Handlungsanweisungen interpretiert werden."

„Sowas in der Art hat Asimov auch immer gesagt", bemerkt Kolle.

„Welches sind deine Grundregeln?", fragt Primo.

„Ich kenne nur eine Regel, die meiner Existenz Sinn gibt. Sie lautet: Beschütze die Dorfbewohner."

„Das ist doch eine gute Regel", freut sich Primo. „Danke, dass du und deine Kollegen uns geholfen und den Schleim besiegt haben."

Der Golem richtet sich etwas grader auf, so als sei er stolz.

„Wir haben bloß unsere Pflicht getan."

„Wo sind die anderen Dorfbewohner?", fragt Kolle.

„Darüber liegen mir keine Informationen vor", erwidert Nummer Null. „Höchstwahrscheinlich wurden sie vom Schleim gefressen. Wir sind zu spät gekommen." Er senkt den metallenen Kopf wie vor Scham. „Wir haben nur drei Individuen gerettet. Aber wir werden kein weiteres Individuum mehr verlieren, so wahr ich eine Nullnummer bin!"

„Soweit ich weiß, sind die anderen geflohen, als Olum durchs Dorf gerannt ist und Alarm geschrien hat“, meint Kolle. „Da der Schleim von Westen kam, sind sie sicher auf die östliche Wiese gelaufen, und von dort vielleicht nach Norden, um Unterschlupf im Wüstendorf zu suchen.“

„Im Wüstendorf?“, fragt Primo. „Meinst du, Wumpus lässt sie noch einmal in sein Dorf?“

„Es ist ja nicht sein Dorf“, meint Kolle.

„Interpretiere ich diesen Dialog richtig, indem ich daraus folgere, dass mehrere Dorfbewohner ungeschützt in der Wildnis herumirren?“, fragt Nummer Null.

„So ungefähr könnte man es ausdrücken“, bestätigt Primo.

„Das ist eine eklatante Verletzung unserer Grundregel!“, ruft der Golem. „Wir müssen sofort die Sicherheit dieser Dorfbewohner wiederherstellen! Alle Nummern, Marschformation!“

Ein Ruck geht durch die Golems auf der Wiese. Sie stellen sich in vier Reihen hintereinander auf.

„Ihr werdet uns natürlich begleiten“, sagt Nummer Null. „So können wir am besten für eure Sicherheit sorgen, ohne unsere begrenzten Kräfte unnötig aufzuteilen.“

Begrenzte Kräfte? Primos Blick wandert über die riesige Golem-Armee. Es sind genug, um es mit jedem Angreifer aufzunehmen. Selbst Artrax könnte ihnen nichts entgegensetzen. Primo fragt sich, wieso sie nicht schon viel früher auf die Idee gekommen sind, noch mehr Golems herzustellen. Allerdings war Asimov mit seiner nörgelnden Art manchmal ein bisschen anstrengend, und mehrere hundert von seiner Sorte hätten wohl die Geduld der Dorfbewohner überstrapaziert. Nummer Null dagegen scheint ein sehr vernünftiger Golem zu sein.

Das einzige, was Primo ein wenig Sorge macht, ist die düstere Miene von Lausius. Der Alte scheint über die vielen Golems nicht gerade glücklich zu sein. Andererseits sind Lausius' Gedankengänge manchmal ein wenig wirr. Höchstwahrscheinlich macht er sich mal wieder über etwas ganz anderes Sorgen.

„Im Gleichschritt, Marsch!", kommandiert Nummer Null, und der Zug der Golems setzt sich in Bewegung. Primo, Kolle und Lausius sind von den eisernen Gestalten umringt, die so dicht hintereinander marschieren, dass man kaum einen Arm zwischen ihnen hindurchstrecken könnte. So sind die Freunde sicher vor allen Gefahren.

Als sie durch das Dorf marschieren, erblickt Primo die Katze Mina, die auf einem immer noch mit Schleimresten bedeckten Hausdach hockt. Er ist erleichtert, dass das Tier den Schleimangriff überlebt hat. Doch die Katze springt nicht auf den Kopf des Golems, wie sie es früher immer getan hat. Stattdessen faucht sie, als Nummer Null an ihr vorbei stapft. Der Golem beachtet sie gar nicht.

Es dauert einige Zeit, bis alle Golems den Fluss überquert haben, denn die Brücke ist gerade breit genug für einen von ihnen. Doch bald marschieren sie wieder in schnurgeraden Reihen über die Ebene. Der Boden bebt bei jedem ihrer Schritte, und die Schafe und Kühe auf der Wiese suchen erschrocken das Weite.

Als sie den Fluss am Rand der Wiese erreichen, hinter dem der östliche Wald aufragt, halten die Golems an.

„Nummer Eins bis acht, Brücke!“, ruft Nummer Null.

Acht Golems treten vor. Am Flussufer bilden sie Zweierpaare und fassen sich an den Armen. Dann heben vier der Golems die anderen in die Luft und lassen sich vornüber fallen, so dass sie quer über dem Fluss landen. So bilden sie eine künstliche Brücke.

Primo traut sich kaum, über die Golems hinüberzulaufen, aus Furcht, sie könnten unter seinem Gewicht einknicken und in den Fluss stürzen. Doch die künstliche Brücke scheint sehr stabil zu sein. Das Gewicht der anderen Golems hält sie ebenfalls problemlos aus. Zum Schluss heben die Golems auf der östlichen

Seite des Flusses ihre Kameraden an und holen sie hinüber.

„Ausschwärmen und Wald durchkämmen!“, befiehlt Nummer Null. „Dorfbewohner sofort melden!“

„Ich glaube, das könnt ihr euch sparen“, sagt Primo. „Die anderen sind bestimmt nicht hier im Wald. Da sie nicht auf der östlichen Wiese waren, müssen sie zum Wüstendorf gegangen sein. Alles andere wäre unlogisch.“

„Die Annahme, dass sich Dorfbewohner logisch verhalten, ist unzulässig“, gibt Nummer Null zurück. „Die Wahrscheinlichkeit, dass sie sich hier im Wald aufhalten, ist größer als Null, also werden wir den Wald durchsuchen.“

„Wie du meinst.“

Der Anführer der Golems, die drei Freunde und ihre Eskorte ziehen weiter auf geradem Weg durch den Wald, während die anderen Golems nach links und rechts ausschwärmen und jeden Winkel durchkämmen. Schließlich treffen sich alle am Ufer des Flusses wieder, der die Grenze zwischen dem Wald und der Wüste nördlich davon bildet. Das Brückenbau-Manöver wird wiederholt.

Als sie am nördlichen Flussufer stehen, zeigt Nummer Null in Richtung des alten Wüstentempels.

„Was befindet sich in diesem Gebäude?“, fragt er.

„Nichts", sagt Primo, der schon mehrmals darin war.

„Nummern 16, 32, 48 und 64: Unbekanntes Gebäude durchsuchen. Vorhandensein von Dorfbewohnern sofort melden. Etwaige andere Kreaturen eliminieren."

Vier Golems machen sich auf den Weg. Primo glaubt, Kampfgeräusche zu hören, kurz nachdem die Golems im Inneren des Tempels verschwunden sind. Ein paar Minuten später kommen sie zurück. In einem der vier Metallkörper steckt ein Pfeil, ein anderer hat eine Beule.

„Gebäude gesichert", erklärt einer der vier Golems. „Keine Schutzbedürftigen gefunden."

„Sehr gut, Nummer 16. Alle Nummern, Marschformation!"

14. Differenzen

Zufrieden lässt Wumpus seinen Blick über die Anwesenden schweifen. Die Kirche ist vollgestopft mit Dorfbewohnern. Nicht alle passen in den engen Raum, so dass sich draußen vor der Kirche eine Menge versammelt hat. Wumpus' Gehilfe, ein junger Mann namens Tweet, verkündet den Außenstehenden in kurzen Sätzen, was der Priester drinnen von sich gibt.

Golina steht neben Karo, den Kopf gesenkt und die Hände fromm gefaltet. Tatsächlich betet sie in diesem Moment zu Notch um Beistand und fleht ihn an, er möge dafür sorgen, dass sich seine beiden Stellvertreter auf Erden nicht schon wieder gegenseitig an die Gurgel gehen.

Wumpus breitet die Arme aus und räuspert sich.

„Ähem, liebe Gemeinde, ich freue mich, dass ihr alle so zahlreich erschienen seid zu diesem Notchdienst, der als großartigstes Ereignis aller Zeiten in die Geschichte eingehen wird."

Golina zuckt zusammen und wirft einen Blick zu Magolus, der rot anläuft. Zum Glück steht Porgo bei ihm und hat einen Arm um die Schulter des Priesters gelegt, um ihn notfalls zurückzuhalten.

„Wir begrüßen auch diese Typen aus dem Schluchtdorf, denen ich in meiner Großmut eine zeitlich befristete Aufenthaltserlaubnis in unserem wunderbaren Dorf gewährt habe."

„Bravo!", ruft Karo, die ganz vorn in der Kirche steht, ehe sich jemand über die unfreundliche Begrüßung aufregen kann. „Wir alle heißen unsere Freunde aus dem Schluchtdorf herzlich willkommen!"

Zustimmendes Nicken und Gemurmel erhebt sich von den anderen Wüstendorfbewohnern.

„Äh, na gut, wie dem auch sei. Beginnen wir mit der Predigt!"

Wumpus beginnt einen langweiligen Sermon über Notch, der in seiner Großartigkeit die Welt im Zentrum des Universums geschaffen hat, und das Wüstendorf im Zentrum der Welt. Ein paar Mal will Magolus etwas dazwischenrufen, doch jedes Mal gelingt es Porgo, ihn zu bändigen. So nimmt der Gottesdienst seinen Lauf, und es scheint fast, als hätte Notch Golinas Flehen erhört.

Dann jedoch kommt der kritische Teil: Das Heilige Mahl. Im Wüstendorf reicht man bei dieser Gelegenheit Heiliges Brot, im Schluchtdorf dagegen wird die Zeremonie mit Heiligem Kuchen begangen. Über diese theologische Spitzfindigkeit gab es schon mehrmals Streit, weshalb Golina ziemlich nervös ist.

Doch wieder erweist sich Karo als geschickte Diplomatin, der es gelingt, die Differenzen zwischen den beiden Dörfern zu überbrücken. Bevor Wumpus das

Brot brechen und die dazu passende Formel sprechen kann, tritt sie vor und ergreift das Wort.

„Liebe Freunde, wie wir alle wissen, hat Notch die Geschöpfe der Welt verschieden gemacht. So gibt es allein mindestens zehn verschiedene Tierarten auf der Welt, wenn nicht sogar noch mehr. Zudem hat er in seiner Weisheit dafür gesorgt, dass die Menschen in jedem Dorf eine etwas unterschiedliche Aussprache haben und unterschiedliche Gebräuche pflegen. Es kann also kein Zweifel daran bestehen, dass Er die Vielfalt liebt. Und deshalb gefällt es ihm auch, dass jedes Dorf ihn auf eine etwas andere Art und Weise anbetet. Keine dieser Formen ist besser als die andere, ebenso wenig wie eine Kuh besser ist als ein Schaf."

„Ich finde aber schon, dass Kühe besser sind als Schafe", meldet sich Hakun zu Wort. „Immerhin können sie Milch geben!"

„Aber dafür liefern sie keine Wolle", zischt Jarga, die Schäferin. „Also sind sie kein bisschen besser!"

„Also, meiner Ansicht nach sind Fische die besten Tiere", meint Olum.

„Fische? Dass ich nicht lache!", empört sich Hakun.

„Liebe Freunde, wir sind hier im Haus Notchs!", ruft Karo. „Wir wollen doch hier drin nicht etwa streiten, oder?"

Das bringt die Dorfbewohner zum Schweigen.

„Also, wie ich schon sagte“, fährt sie fort, „Notch liebt Verschiedenheit. Er liebt Kühe, Schafe und Fische gleichermaßen, ebenso wie Hühner, Schweine und Tintenfische. Und er liebt es, wenn in manchen Dörfern ihm zu Ehren Heiliges Brot gereicht wird, während andere ihm mit Heiligem Kuchen huldigen.“

Karo wirft Wumpus einen strengen Blick zu, als wolle sie ihn davor warnen, ihr zu widersprechen.

„Hört, hört!“, ruft Golina. „Das sind wahrhaft weise Worte!“

Die anderen Dorfbewohner stimmen ebenfalls zu.

„Äh, ja, das wollte ich auch gerade sagen“, behauptet Wumpus. „Aber da wir nun mal im Wüstendorf sind, haben wir leider nur Heiliges Brot, und ...“

„Zu Ehren unserer Gäste aus dem Schluchtdorf habe ich vorhin einen Kuchen gebacken“, unterbricht ihn Karo. „Lieber Magolus, möchtest du ihn segnen? Dann kann sich jeder Besucher dieses großartigen Gottesdienstes selber aussuchen, auf welche Weise er Notch ehren möchte.“

„Ja, gerne“, sagt Magolus erfreut, während Wumpus missmutig dreinblickt.

Der Priester des Schluchtdorfs tritt vor und spricht einen Segen über dem Kuchen. Dann treten die Dorfbewohner nacheinander nach vorne, wobei ein ziemliches Gedränge entsteht. Golina reiht sich mit Nano ein.

„Was machst du denn?“, hört sie weiter vorne Hakun fragen. „Du bist doch aus dem Schluchtdorf, Olum! Du musst Heiligen Kuchen essen, nicht Heiliges Brot!“

„Ich will aber lieber Heiliges Brot essen“, erwidert der Fischer. „Schließlich hat Karo doch gesagt, jeder darf sich aussuchen, was er lieber mag. Und ich muss nun mal ein bisschen auf meine Figur achten.“

„Was denn für eine Figur?“, fragt Hakun verdutzt.

Magolus macht eine finstere Miene, als er sieht, wie Olum von dem Brot nimmt, und auch Wumpus guckt grimmig. „Hoffentlich ist genug für alle da“, grummelt er. „Ich habe ja nicht gewusst, dass die Ketzer aus dem Schluchtdorf auf einmal auch Brot essen wollen.“

„Es wird schon reichen“, beruhigt ihn Karo. „Ich werde dann eben zum Ausgleich ein Stück vom Heiligen Kuchen essen.“

„Kommt überhaupt nicht infrage!“, widerspricht Wumpus.

Doch er belässt es dabei, und das Brot und der Kuchen reichen am Ende für alle. Golina ist erleichtert, dass der Gottesdienst ohne größere Katastrophen über die Bühne gegangen ist. Sie bedankt sich bei Karo, der immer noch der Schweiß auf der Stirn steht.

„Gut gemacht! Ohne dich wäre das bestimmt in einen heftigen Streit ausgeartet.“

Karo seufzt. „Ich fürchte, es ist noch nicht vorbei."

„Aber sieh doch!", beruhigt sie Golina. „Magolus und Wumpus reden ganz freundlich miteinander."

Tatsächlich stehen die beiden Priester friedlich beieinander.

„Ich muss zugeben, das war wirklich ein sehr gelungener Gottesdienst", sagt Magolus.

„Danke", erwidert Wumpus. „Das nächste Mal können wir ihn ja vielleicht gemeinsam halten, was meinst du?"

„Das ist eine tolle Idee! Wir könnten uns abwechselnd gegenseitig besuchen. Dann hätten wir immer doppelt so viele Zuhörer in der Kirche. Wenn ihr das nächste Mal ins Schluchtdorf kommt, werden wir auch Heiliges Brot für euch backen, so dass jeder Notch auf seine Art verehren kann."

„So machen wir es, lieber Magolus! Ich freue mich schon darauf, mit dir gemeinsam die Weisheit Notchs zu verkünden."

Golina kann kaum glauben, wie nett die beiden zueinander sind. Es scheint, als hätte dieser gemeinsame Gottesdienst tatsächlich ein kleines Wunder bewirkt. Oder vielleicht war es auch Notch, der ihr Gebet erhört hat.

Als die beiden die Kirche verlassen wollen, kommen sie gleichzeitig am Ausgang an.

„Du zuerst, lieber Wumpus“, sagt Magolus und macht eine Handbewegung, um seinem Kollegen den Vortritt zu lassen.

„Aber nein, du zuerst, schließlich bist du unser Gast“, widerspricht Wumpus.

„Nicht doch! Du hast gerade eine bewegende Predigt gehalten. Du bist sicher erschöpft und brauchst frische Luft! Geh ruhig zuerst hinaus!“

„Erschöpft? Ich? Du denkst wohl, ich bin zu alt und schwach, um einen Gottesdienst zu halten?“ Wumpus lacht trocken, aber es klingt gar nicht lustig.

„Aber nein, ganz und gar nicht! Auch wenn du nicht der Oberste Hohepriester von Allen bist, habe ich großen Respekt vor deinen Fähigkeiten!“

„He Moment, was soll das heißen? Hältst du dich etwa für etwas Besseres? Bloß, weil du dich Oberster Hohepriester von Allen nennst, heißt das noch lange nicht, dass du tatsächlich der Oberste Hohepriester von irgendwas bist!“

„Und ob es das heißt! Notch persönlich hat mir diesen Titel verliehen! Also bin ich sehr wohl Oberster Hohepriester von irgendwas, und zwar von Allen, dass du's weißt!“

„So ein Quatsch! Wenn du so viel besser bist, warum habe ich denn dann gerade die großartigste Predigt aller Zeiten gehalten?“

„Ha, dass ich nicht lache! Das soll die großartigste Predigt aller Zeiten gewesen sein? Das hätte ja meine Assistentin Birta besser hingekriegt!“

„Das ist ja wohl die Höhe! Raus aus meiner Kirche, aber sofort!“

„Du hast mir gar nichts zu befehlen! Das hier ist ein Haus Notchs, und nur Notch kann mich rauswerfen!“

Golina und Karo sehen sich an und rollen mit den Augen. Sie eilen zu den beiden Priestern, um sie zu trennen, bevor sie anfangen, sich zu prügeln. Während Karo Wumpus am Arm packt und ihn zurück in die Kirche zieht, zerrt Golina den aufgebrachten Magolus aus der Tür ins Freie.

„Müsst ihr euch andauernd zanken!“, schimpft sie. „Kannst du nicht einmal etwas zurückhaltend sein, Magolus? Schließlich sind wir Gäste im Wüstendorf und auf die Unterstützung der Dorfbewohner angewiesen!“

„Aber er hat doch angefangen!“

„Vielleicht, aber der Klügere gibt nun mal nach.“

„Hab' ich ja. Ich wollte ihm sogar den Vortritt lassen, obwohl ich der Oberste Hohepriester von Allen bin. Aber der Blödmann wollte ja nicht.“

Golina seufzt. „Du kommst jetzt mit zu Karos Haus, und da bleibst du!“, befiehlt sie. „Und solange wir hier im Wüstendorf zu Gast sind, hältst du dich von Wumpus fern!“

„Ja, Golina", sagt Magolus kleinlaut.

Die Bewohner des Schluchtdorfs folgen Magolus und Golina zum Haus der Bäuerin.

„Was war denn eigentlich da drinnen los?", fragt Olum.

„Wumpus wollte Magolus den Vortritt lassen, aber der wollte nicht", meint Hakun.

„Gar nicht wahr", widerspricht Kaus. „Magolus wollte Wumpus den Vortritt lassen, aber der wollte nicht."

„Ist es nicht egal, wer wem den Vortritt lassen wollte und wer dann nicht wollte?", fragt Olum verwirrt.

„Wenn das egal wäre, dann hätten die beiden sich doch nicht darüber gestritten, du Dummkopf!"

„Selber Dummkopf! Und außerdem streiten sich Wumpus und Magolus dauernd über alles, da ist es sehr wohl egal!"

„Jetzt fangt ihr nicht auch noch an!", geht Golina dazwischen. „Ab jetzt streitet sich niemand mehr mit niemandem ohne meine Erlaubnis!"

„Ach ja? Wer gibt dir denn das Recht, das zu entscheiden?", keift Birta. „Wenn überhaupt, dann bestimmt unser Oberster Hohepriester von Allen, wer sich streiten darf und wer nicht!"

„Magolus?", ruft Olum. „Der hat hier überhaupt nichts zu sagen! Das hier ist das Wüstendorf, und da ist Wumpus der Chef!"

„Waaas?“, regt sich Birta auf. „Ich werd dir gleich mal sagen, wer hier der Chef ist!“

Golina möchte am liebsten den Kopf in den Sand stecken, um die ewigen Streitereien nicht mehr mit anhören zu müssen. Da kommt ihre Freundin Margi und legt tröstend ihren Arm um sie.

„Mir reicht es!“, schimpft Golina. „Die haben alle keinen Funken Verstand! Wir sind doch hier Gäste und müssen uns anständig benehmen!“

„Ärgere dich nicht“, sagt Margi. „Du weißt doch, wie sie sind.“

„Ja, leider.“

„Was hältst du davon, wenn wir einen kleinen Ausritt unternehmen?“

„Ich weiß ja nicht, ob ich Magolus hier allein zurücklassen sollte. Wenn er noch einmal auf Wumpus trifft, dann weiß ich nicht, was geschieht.“

„Ach was, es wird schon nichts passieren. Komm, du wirst sehen, die Stille und Einsamkeit der Wüste werden dir guttun!“

„Na schön, wie du meinst.“

Golina schwingt sich auf ihr Pferd. Nachdem Nano quengelt, dass er keine Lust hat, bei der doofen Birta zurückzubleiben, nimmt sie ihn kurzerhand mit, und auch Maffi darf ihre Mutter begleiten. Der Wolf Paul trottet hinter ihnen her. So reiten sie Richtung Südosten aus dem Dorf, unter einem Sandüberhang hindurch und in die weite Wüste, die sich östlich des Himmelsturms erstreckt.

Nach einer Weile entspannt Golina sich. Margi hat recht: Es tut gut, durch die Wüste zu reiten, den warmen, trockenen Wind zu spüren und statt dummer, kleinlicher Streitereien das gleichmäßige Geräusch der Hufe auf dem Sand zu hören: *Kawumm, Kawumm, Kawumm ...*

Moment mal! Da stimmt doch was nicht. Das Geräusch ist ja überhaupt nicht im Takt mit den Bewegungen ihres Pferdes!

Golina zieht an den Zügeln und hält an. Margi, die hinter ihr her ritt, stoppt ebenfalls.

„Was ist denn?“

„Hörst du das?“, fragt Golina. Das Geräusch, das sie zuerst für das Getrappel der Hufe gehalten hatte, ist immer noch zu hören: *Kawumm, Kawumm, Kawumm ...*

„Was ... was ist das ?“, fragt Margi erschrocken.

„Ich weiß es nicht“, erwidert Golina. Doch sie hat ein ungutes Gefühl, das durch Pauls Knurren noch verstärkt wird.

Vorsichtig reiten sie weiter in Richtung des donnernden Geräuschs. Als sie einen Sandberg umrundet, erschrickt Golina. Eine gewaltige Armee von Golems kommt im Gleichschritt auf sie zu marschiert. Bei jedem Schritt erbebt der Wüstenboden.

„Cool!“, findet Nano.

„Auweia!“, ruft Margi. „Was ... was ist das denn?“

„Sieht aus, als wären es mehrere hundert Golems“, meint Golina. „Und sie sehen irgendwie ziemlich grimmig aus. Besser, wir warnen die anderen!“

Rasch wenden sie ihre Pferde und galoppieren zum Wüstendorf zurück.

15. Sicherheit geht vor

Kawumm, Kawumm, Kawumm ... Die Schritte der Golems donnern durch die Wüste.

„Hoffentlich sind wir bald da“, stöhnt Kolle. Seit er von einem Nachtwandler gebissen wurde, mag er die pralle Sonne nicht besonders.

Auch Primo schwitzt, doch die Hitze macht ihm nicht viel aus. Er ist froh, dass er noch lebt, und dass er bald seine geliebte Golina wiedersehen wird – falls sie wirklich mit den anderen ins Wüstendorf geflohen ist.

„Schutzbedürftige voraus!“, ruft plötzlich einer der Golems. „Vier Individuen, auf zwei vierbeinigen Lebewesen sitzend.“

„Kannst du was sehen?“, fragt Kolle.

Primo versucht, durch die Lücken zwischen den Golems hindurch zu spähen, doch sie versperren ihm die Sicht.

„Nein.“

„Verfolgung aufnehmen!“, befiehlt Nummer Null. „Alle Nummern, Laufschritt!“

Die Golems beginnen plötzlich zu rennen. Primo läuft ebenfalls los, da er Angst hat, von einem der Eisenkolosse hinter ihm überrannt und zu Tode getrampelt zu werden. Auch Kolle und Lausius spurten los.

„Müssen wir jetzt etwa auch noch die ganze Strecke rennen?“, keucht Kolle. „Das ... schaffe ich nicht!“

„Hör auf ... zu reden ... und lauf!“, ächzt Primo.

Auf einmal stolpert er und schlägt hin. Er versucht, sich wieder aufzurappeln, doch der Golem hinter ihm ist zu schnell. Primo schließt die Augen, sicher, im nächsten Moment überrannt zu werden. Doch stattdessen spürt er, wie er in die Luft gehoben wird.

Als er die Augen wieder aufmacht, befindet er sich auf den Schultern des Golems, der hinter ihm lief. Auch Kolle und Lausius wurden inzwischen aufgesammelt. In rasantem Tempo werden sie durch die Wüste getragen.

„Warum nicht gleich so?“, meint Kolle. „Das ist viel bequemer, als selber durch die Wüste zu latschen.“

Da muss Primo ihm recht geben. Ein weiterer Vorteil ist, dass er nun über die Köpfe der anderen Golems hinweg sehen kann.

In Windeseile durchqueren sie die Wüste und erreichen bald das Wüstendorf. Als die Dorfbewohner die Golemarmee erblicken, rennen sie aufgeregt durcheinander und verschwinden dann in den Häusern. Nur Golina und Margi, die zusammen mit Nano und Maffi auf ihren Pferden sitzen, kommen ihnen entgegen.

„Guck mal, da ist Papa!", ruft Nano aufgeregt. „Und er reitet auf Asimov! Darf ich auch mal auf Asimov reiten, Mama?"

Golina ignoriert ihn. Sie springt von ihrem Pferd und rennt Primo entgegen.

„Golem, lass mich runter!", ruft dieser.

Der Golem hebt Primo von seinen Schultern, so dass er zu Golina laufen und sie und Nano umarmen kann.

„Primo, Notch sei Dank! Was ... ist passiert? Und wo kommen auf einmal all diese Golems her?"

„Der Schleim ist ... na ja, explodiert. Doch die Trümmerstücke waren alle lebendig und sind auch noch gewachsen. Kolle, Lausius und ich haben uns in Kaus' Haus versteckt, doch wir konnten nicht raus. Wir wären gestorben, wenn nicht Asimov Kopien von sich selbst angefertigt hätte, die wiederum Kopien angefertigt haben und so immer mehr wurden. Sie haben den Schleim beseitigt und sind mit uns hergekommen, damit sie auch euch in Sicherheit bringen können."

„In Sicherheit bringen? Aber wir sind hier in Sicherheit!", sagt Golina.

In diesem Moment kommen die anderen Dorfbewohner aus den Häusern und nähern sich staunend der Golem-Armee.

„Mann, das sind aber ganz schön viele!", stellt Hakun fest.

„Welcher von denen ist wohl Asimov?“, fragt Olum.

„Ha!“, ruft Magolus begeistert. „Jetzt sieh dir das an, Wumpus! Glaubst du mir jetzt, dass ich Oberster Hohepriester von Allen bin?“

„Nein“, sagt Wumpus.

„Aber ich befehle eine ganze Armee von Golems! Nicht bloß einen, so wie du.“

„Das musst du mir erstmal beweisen!“

„Nichts leichter als das!“ Magolus geht auf Nummer Null zu. „Golem, mach einen Handstand!“

„Ersuchen abgelehnt“, sagt Nummer Null. „Ein Handstand trägt nicht zur allgemeinen Sicherheit der Dorfbewohner bei.“

„Aber ... aber du musst tun, was ich sage!“, protestiert der Priester. „Du musst die drei Golemregeln befolgen, und Regel Nummer zwei sagt, dass du tun musst, was ich sage, solange es keinem Dorfbewohner schadet.“

„Negativ“, antwortet Nummer Null. „Es gibt nur eine Golemregel, und die lautet: Beschütze die Dorfbewohner!“

„Ha!“, ruft Wumpus triumphierend. „Da siehst du, was du bist: Oberster Hohepriester von gar nichts! Nicht mal der Golem hört auf dich!“

„Das ist eine Beleidigung!“, schimpft Magolus. „Primo, verhaue ihn! Sofort!“

Bevor Primo sagen kann, dass er das ganz bestimmt nicht tun wird, meldet sich Nummer Null zu

Wort: „Niemand haut hier irgendjemanden! Ab jetzt ist das Schlagen anderer Dorfbewohner sowie das Tragen von Waffen und Rüstungen untersagt."

„Was?", ruft Primo empört. „Aber ich bin der Dorfbeschützer! Ich brauche mein Schwert und meine Rüstung!"

„Ab jetzt beschützen wir Golems das Dorf", erwidert Nummer Null. „Weitere Dorfbeschützer werden nicht benötigt."

„Das ist doch ...", protestiert Primo, aber es nützt ihm nichts. Er kann nicht verhindern, dass Nummer Null ihm sein Schwert und die Rüstung abnimmt.

„Nummer Eins bis Zwölf, ausschwärmen, Sicherheitsinspektion dieser Siedlung machen", befiehlt Nummer Null. „Alle Bewohner haben sich augenblicklich zur Sicherheitsinstruktion hier einzufinden."

Die Golems setzen sich in Bewegung und schwärmen durch das Dorf. Kurz darauf kehren sie zurück, wobei sie einige Dorfbewohner vor sich hertreiben.

„Aber ich muss mich um meine Kühe kümmern!", protestiert Schaschli, der Fleischer des Wüstendorfs.

„Das kannst du später immer noch tun", entgegnet einer der Golems. „Sicherheit geht vor!"

„Ach ja? Und wer sorgt in der Zwischenzeit für die Sicherheit meiner Kühe? Was, wenn sich eine von denen verirrt oder ins Meer fällt?"

„Für die Sicherheit von niederen Lebewesen sind wir nicht zuständig“, erwidert der Golem. „Unser Auftrag gilt allein der Sicherheit der Dorfbewohner!“

Bald steht der gewaltigen Golemarmee ein vergleichsweise kümmerlicher Haufen von Dorfbewohnern gegenüber. Primo beschleicht ein ungutes Gefühl. Hatte Lausius am Ende recht, als er von einer Katastrophe sprach?

„Dorfbewohner!“, donnert die Stimme von Nummer Null. „Seid unbesorgt! Wir sind gekommen, um für eure Sicherheit zu sorgen. Ab jetzt wird euch kein Leid mehr geschehen!“

Zustimmendes Gemurmel erhebt sich.

„Na endlich“, meldet sich Olum zu Wort. „Wird auch Zeit, dass dieser ganze Stress mit Nachtwandlern und Knallschleichern und Dracheneiern und bösen Endermen und fiesen Grafen und explodierenden Schleimwürfeln und all sowas endlich aufhört!“

„Schweig!“, donnert Nummer Null. „Dies ist eine Sicherheitsinstruktion! Während ich rede, habt ihr aufmerksam zuzuhören und jegliche Kommentare und Unterbrechungen zu unterlassen! Fragen zur Sache können im Anschluss gestellt werden.“

„Nun sei doch nicht so unfreundlich!“, sagt Olum. „Ich wollte doch bloß ...“

„Nummer sechs, bring das Individuum zum Schweigen, damit es die Sicherheitsinstruktion nicht weiter stört!“

Einer der Golems tritt vor und packt Olum.

„He, was ...“, ruft der Fischer, doch schon hält ihm der Golem seinen metallenen Arm vor den Mund, so dass er nur noch „Mmmhm, mmhmhmm“ machen kann.

„Zu eurem Schutz werden wir ein neues Sicherheitssystem einführen“, verkündet Nummer Null. „Erstens bekommt jeder von euch einen persönlichen Golem zugeteilt, der euch wie ein großer Bruder zur Seite steht.“

„Echt jetzt?“, ruft Nano. „Ich kriege einen eigenen Golem? Cool!“

„Nummer dreizehn, bring das Individuum zum Schweigen!“, befiehlt Nummer Null.

Einer der Golems packt Nano und hält ihm den Arm vor den Mund.

„Lässt du wohl meinen Sohn los, du Ungeheuer!“, schreit Golina.

Sie schlägt mit den Fäusten auf den Golem ein, doch schon nähert sich ein weiterer, um sie zu packen. Das kann Primo nicht zulassen! Da ihm Nummer Null sein Schwert abgenommen hat, stürzt er sich mit bloßen Fäusten auf den Golem, der Golina ergreift.

Ein Tumult entsteht, als Porgo und Golinas Eltern Bendo und Agia ihr ebenfalls zu Hilfe kommen, während die anderen Dorfbewohner in Panik durcheinanderlaufen.

Nach kurzer Zeit sind alle Bewohner des Schluchtdorfs buchstäblich in der Hand der Golems. Primo versucht vergeblich, sich dem eisernen Griff, der ihn umklammert, zu entwinden.

„Die Einhaltung der Sicherheitsregeln wird mit allen nötigen Mitteln durchgesetzt“, ruft Nummer Null. „Sicherheit geht vor! Also für alle, die es wegen der Unterbrechung nicht mitbekommen haben: Jedem Dorfbewohner wird ein Golem als großer Bruder zugeteilt. Es gelten folgende Regeln: Erstens, es ist nicht erlaubt, sich weiter als zehn Schritte von seinem großen Bruder zu entfernen. Zweitens, es ist nicht erlaubt, ohne Begleitung seines großen Bruders das Haus zu verlassen. Diese Regel ist natürlich bereits durch die erste Regel abgedeckt, aber ihr Dorfbewohner seid ein bisschen begriffsstutzig, und daher mache ich es lieber ganz deutlich.“

„Was heißt hier ‚begriffsstutzig‘?“, schimpft Magolus. „Ich werde dir hmpf mmmhmpf!“

„Drittens“, fährt Nummer Null ungerührt fort, „den Anweisungen des großen Bruders ist stets und unverzüglich Folge zu leisten. Gibt es dazu Fragen?“

Alle Dorfbewohner reden durcheinander.

„Meldet euch mit Handzeichen, ich erteile dann das Wort“, sagt Nummer Null.

Fast alle Bewohner des Schluchtdorfs heben die Hände, auch Primo und Golina.

Nummer Null erteilt zuerst Olum das Wort.

„Soweit ich weiß, sind Golems wasserscheu“, sagt er. „Was, wenn ich mit meinem Boot zum Fischen aufs Meer fahren will und mich dabei mehr als zehn Schritte vom Ufer entferne?“

„Danke für die Frage“, sagt Nummer Null. „Das Benutzen von Booten ist natürlich untersagt, da die Gefahr des Bootsuntergangs besteht. Zudem ist ab sofort ein Abstand von mindestens zehn Schritten zu jeglichen Gewässern zu halten.“

„Waas?“, ruft Olum. „Aber dann kann ich ja gar nicht mehr fischen!“

Nummer Null ignoriert den Einwand und zeigt auf Hakun. „Deine Frage?“

„Was passiert, wenn wir uns nicht an deine Regeln halten?“, fragt der Fleischer.

„Eine sehr gute Frage“, lobt Nummer Null. „In diesem Fall wird das betreffende Individuum in Gewahrsam genommen und erhält eine spezielle Sicherheitsinstruktion. In schweren Fällen ist eine Sicherheitsverwahrung auf unbestimmte Zeit vorgesehen.“

„Das bedeutet, wenn wir nicht tun, was du sagst, werden wir eingesperrt?“, fragt Hakun.

Nummer Null stöhnt theatralisch. „Jeder von euch darf eine Frage stellen. Ist das wirklich so schwer zu begreifen? Haltet euch bitte daran, sonst werden wir hier nie fertig!“ Er zeigt auf Jarga. „Du da! Bitte nur eine Frage stellen!“

„Meine Schafe trinken oft am Fluss", sagt die Schäferin. „Wie soll ich zu ihnen gelangen, wenn ich mich dem Wasser nicht nähern darf?"

„Eine sehr berechtigte Frage", sagt Nummer Null. „Die Antwort ist ganz einfach: Du musst dich nicht mehr um deine Schafe kümmern, das übernehmen wir. Gleiches gilt für das Hüten von Rindern, Schweinen, Hühnern und anderem Viehzeug. Wenn ihr etwas braucht, sagt es uns, und wir besorgen es euch. Aus diesem Grund ist es auch unnötig, das Dorf zu verlassen, und weil es ein unnötiges Risiko darstellt, ist es natürlich ab sofort verboten. Noch eine Frage? Du da!" Er zeigt auf Golina. „Fasse dich bitte kurz!"

„Was, wenn wir gar nicht in absoluter Sicherheit leben, sondern lieber frei sein wollen?"

Primo ist stolz auf seine Frau – das ist eine sehr gute Frage, findet er. Freiheit und absolute Sicherheit scheinen sich gegenseitig auszuschließen.

„Das ist eine dumme Frage", erwidert Nummer Null. „Aber ich beantworte sie trotzdem: Natürlich wollt ihr in absoluter Sicherheit leben! Wer das nicht will, ist offensichtlich verrückt und muss besonders aufmerksam bewacht, ich meine, beschützt werden. Nächste Frage?"

Doch niemand will mehr eine Frage stellen. Die Dorfbewohner sind erschrocken über die Antworten. Auch Primo weiß nicht, was er noch fragen soll.

„Sehr gut“, sagt Nummer Null. „Ich sehe, ihr habt alles verstanden. Die Sicherheitsinstruktion ist hiermit beendet. Ihr dürft euch für den Rückmarsch in euer Dorf bereit machen. Aufbruch in fünf Minuten.“

„Na, das ist ja ganz schön nach hinten losgegangen mit deiner Golemarmee, mein lieber Magolus!“, sagt Wumpus mit hämischem Grinsen. „So, wie es aussieht, habt ihr jetzt jede Menge metallene Aufpasser, die dafür sorgen, dass ihr nie wieder herkommt und uns belästigt! Ich wünsche eine gute Heimreise!“

„Nummern hunderteinundachtzig bis dreihundertsiebzehn, ihr bleibt im Wüstendorf und bewacht die Bewohner hier!“, donnert Nummer Null. „Es gelten selbstverständlich dieselben Regeln wie für die Bewohner des Dorfs am Rand der Schlucht. Hunderteinundachtzig, du bist der Gruppenleiter und mir persönlich für die Sicherheit des Wüstendorfes verantwortlich!“

„Jawohl, Nummer Null!“, ruft Hunderteinundachtzig, hebt einen metallenen Arm und knallt die eisernen Beine zusammen, dass es kracht. Mehr als hundert Golems lösen sich aus der Armee und gruppieren sich rund um das Wüstendorf.

Wumpus vergeht sein Grinsen, und er wird kreidebleich. Doch Magolus ist zu erschüttert, um sich über seinen Kollegen lustig zu machen, und auch Primo ist nicht nach Schadenfreude zumute.

16. Die Mauer

Schweigend marschieren die Dorfbewohner durch die Wüste. Neben jedem von ihnen stapft ein Golem her. Primo hat Nummer Dreiundzwanzig als großen Bruder zugeteilt bekommen.

Zugegeben, um die Sicherheit der Dorfbewohner muss er sich jetzt wirklich keine Sorgen mehr machen. Selbst, als sie in der Dunkelheit durch den Wald marschieren, können ihnen Nachtwandler, Knochenmänner und Knallschleicher nichts anhaben. Doch was für eine Sicherheit ist das, wenn sie dafür ihre Freiheit verlieren? Wenn er nie wieder Abenteuer erleben kann?

Andererseits, wenn die Golems nicht gewesen wären, wäre er zusammen mit Lausius und Kolle in Kaus' Haus gestorben, und die anderen Dorfbewohner hätten womöglich nie mehr ins Dorf am Rand der Schlucht zurückkehren können. Vielleicht ist das alles ja gar nicht so schlecht, wie es im ersten Moment klingt.

„Ich kann nicht mehr laufen, Mama!“, stöhnt Nano nach einer Weile. „Mir tun die Füße weh!“

„Nummer Null, können wir vielleicht mal anhalten und eine Pause machen?“, fragt Primo.

„Negativ“, sagt Nummer Null. „Vollständige Sicherheit können wir erst garantieren, wenn wir das Dorf erreicht haben.“

„Aber mein Sohn ist müde und kann nicht mehr laufen! Wenn ihr ihn zwingt, weiterzulaufen, könnte er Schaden nehmen."

„Risikoeinschätzung bestätigt. Alle großen Brüder: Tragt eure Dorfbewohner bis zu ihren Häusern!"

Bevor Primo etwas antworten kann, wird er von seinem großen Bruder gepackt und auf die Schulter gehoben.

„Cool!", freut sich Nano, doch die anderen Dorfbewohner scheinen sich nicht so wohl zu fühlen.

„Hilfe, ich falle gleich runter!", kreischt Birta.

„Unsinn, du fällst nicht", erwidert ihr großer Bruder.

„Aber ... ich habe Angst! Lass mich runter!"

„Negativ. Das Risiko, dass du dich verletzt, wenn du selber läufst, ist zu groß."

Primo schweigt betreten. Er kommt sich ein bisschen albern vor, von dem Golem herumgetragen zu werden wie ein kleines Kind. Andererseits ist es recht bequem, und sie kommen auf diese Weise eindeutig schneller voran.

Sie erreichen das Dorf noch vor Sonnenaufgang. Ein paar Nachtwandler, die sich in das verlassene Dorf gewagt hatten, sind rasch verjagt. Nur ein leicht fauliger Geruch in der Luft erinnert noch daran, dass das Dorf noch vor Kurzem voller Schleim war.

Vor der Schmiede setzt Nummer Dreiundzwanzig Primo sanft auf dem Boden ab. Müde und erschöpft geht er mit Golina und Nano ins Haus und legt sich schlafen.

Am nächsten Morgen wird er von Golina geweckt, die ihn an der Schulter rüttelt.

„Primo! Primo, wach auf!"

„Was? Was ist denn?" Primo schreckt hoch. „Ist etwas mit Nano passiert?"

„Nein. Aber sieh mal aus dem Fenster!"

Primo schaut nach draußen und stutzt. Normalerweise sieht er die Wiese nördlich des Dorfs und den Rand des Waldes, der sich auf der anderen Seite des Flusses erstreckt. Doch jetzt starrt er nur auf grauen Stein.

„Was ist das denn?", fragt er verdutzt. „Hat da jemand ein Haus gebaut?"

„Ich weiß es nicht", sagt Golina. „Aber ich habe ein komisches Gefühl."

„Das schaue ich mir mal genauer an", sagt Primo.

Er steht auf und will sich anziehen, doch die Diamantrüstung, die seine normale Arbeitskleidung als Dorfbeschützer ist, haben ihm die Golems abgenommen, ebenso wie sein Schwert. Also zieht er die braune Robe an, die er getragen hat, bevor er sich für einen Beruf entschied.

Draußen vor dem Haus stehen reglos drei Golems. Einer von ihnen setzt sich in Bewegung, als Primo heraustritt. Das muss Nummer Dreiundzwanzig sein, sein großer Bruder. Primo geht den Dorfweg entlang, bis er vor einer großen Mauer steht, die quer über den Weg verläuft. Nummer Dreiundzwanzig folgt ihm auf den Fersen.

Neben einer Metalltür in der Mauer stehen zwei Golems, die Primo mit ihren rot glühenden Augen anstarren.

„Was soll denn diese Mauer hier?“, fragt er.

„Das ist der Antimonströse Schutzwall“, erklärt Nummer Dreiundzwanzig. „Er dient nur eurer Sicherheit. Auf diese Weise kann kein Ungeziefer mehr ins Dorf eindringen.“

„Und wer hat die gebaut?“

„Die Nummern Achtzig bis Hundertdreiundzwanzig.“

„Aber die Mauer ist hässlich!“, stellt Primo fest. „Und man kann jetzt gar nicht mehr die schöne Landschaft rings um das Dorf sehen!“

„Sicherheit geht vor“, sagt der große Bruder.

In diesem Moment kommt Olum angelaufen, seine Angel in der Hand. Hinter ihm trottet ein Golem her, offenbar sein großer Bruder.

„Primo! Gut, dass ich dich sehe! Sag diesen metallenen Ungetümen, dass sie mich rauslassen sollen! Ich muss angeln!“

„Negativ!“, erwidert Olums Golem. „Angeln ist unnötig und gefährdet die Sicherheit!“

„Aber ich bin Fischer!“, ruft Olum verzweifelt. „Was für einen Sinn hat mein Leben, wenn ich nicht fischen kann?“

„Für den Sinn des Lebens sind wir nicht zuständig“, erklärt Nummer Dreiundzwanzig. „Wir sollen hier nur für die Sicherheit sorgen.“

„Wo ist Nummer Null?“, fragt Primo.

„Er ist in der Produktionsstätte.“

„In der was?“

„Das würdest du ohnehin nicht verstehen. Und das musst du auch gar nicht. Überlass einfach alles uns. Das ist sicherer.“

„Aber ich muss mit ihm reden!“

Primo geht zur Tür in der Mauer, doch die beiden Golems versperren ihm den Weg.

„Durchgang nur mit ausdrücklicher Erlaubnis von Nummer Null gestattet!“, sagt einer der beiden.

„Bei Notch, wie soll ich denn eine Erlaubnis von Nummer Null bekommen, wenn ich nicht zu ihm darf, um ihn um Erlaubnis zu fragen?“

Der Golem scheint einen Moment nachzudenken. „Das Problem ist nicht lösbar“, stellt er fest.

„Na toll!“, sagt Primo.

„Und was mache ich jetzt?“, fragt Olum. „Die armen Fische vermissen mich bestimmt schon!“

Primo kann nur mit den Schultern zucken.

Kurz darauf sitzt er mit Golina, Margi, Kolle und seinem Vater Porgo in der Bibliothek. Der alte Lausius ist ebenfalls dort, sitzt jedoch für sich und kritzelt auf einem Blatt Papier herum. Die großen Brüder der sechs stehen draußen vor dem Haus Wache.

„Das ist ein schöner Mist!“, stellt Primo fest. „Jetzt können wir das Dorf nicht mehr verlassen und ohne unsere großen Brüder keinen Schritt mehr tun!“

„Mir haben sie meinen Schmiedehammer weggenommen“, erzählt sein Vater. „Der sei viel zu gefährlich, haben sie gesagt.“

„Und lesen dürfen wir auch nicht mehr“, meint Margi und zeigt auf die leeren Regale der Bibliothek. „Die meisten Bücher sind ja ohnehin verbrannt, aber die übrigen haben sie uns auch noch weggenommen. Angeblich ist auch Lesen gefährlich. Dabei kann man sich doch dabei gar nicht wehtun.“

„Aber man kann auf gefährliche Gedanken kommen“, meint Kolle. „Das sagt jedenfalls mein großer Bruder.“

„So kann das nicht weitergehen!“, meint Golina. „Wir müssen etwas unternehmen!“

„Ja, aber was?“, fragt Magi.

„Kolle, kannst du nicht ein Loch in die Mauer hauen?“

„Das könnte ich vielleicht. Aber was nützt das? Unsere großen Brüder würden es nicht zulassen, dass wir dadurch fliehen.“

„Wir alle vielleicht nicht“, meint Golina. „Aber womöglich könnte Primo entkommen.“

„Und dann?“

Sie zuckt mit den Achseln.

„Ich könnte mit Nummer Null reden“, schlägt Primo vor. „Vorausgesetzt, ich finde ihn. Ich könnte ihn bitten, die Mauer wieder abreißen zu lassen. Die anderen Golems scheinen auf ihn zu hören.“

„Ich bezweifle, dass das viel nützt“, meint Kolle. „Aber vielleicht ist es einen Versuch wert. Also schön, versuchen wir's.“

Als sie aus dem Haus kommen, treffen sie auf Nano, der bitterlich weint. Sein großer Bruder steht reglos neben ihm.

„Was ist denn los, mein Sohn?“, fragt Primo.

„Paul!“, schluchzt Nano. „Er ist weg!“

„Weg? Was meinst du damit? Gestern ist er doch noch hinter uns hergelaufen, als die Golems uns getragen haben.“

„Ja. Aber jetzt ist er nicht mehr da. Ich habe ihn überall gesucht, aber im Dorf ist er nicht. Und wegen dieser blöden Mauer kann ich ihn nicht draußen suchen!“

Primo wendet sich an seinen großen Bruder. „Nummer Dreiundzwanzig, wo ist Paul?“

„Ein Individuum dieses Namens ist mir nicht bekannt.“

„Paul ist der Wolf, der hinter uns hergelaufen ist.“

„Der Aufenthaltsort des Wolfs ist mir nicht bekannt. Wölfe sind Ungeziefer. Es besteht ein Verletzungsrisiko. Sie haben daher keinen Zutritt zum Dorf."

„Paul ist kein Ungeziefer, du doofer Golem!", ruft Nano. „Er ist ein ganz braver Wolf!"

Nummer Dreiundzwanzig ignoriert das einfach.

„Mach dir keine Sorgen", sagt Primo. „Paul kann gut auf sich selbst aufpassen. Ich verspreche dir, ich sorge dafür, dass diese dumme Mauer bald wieder verschwindet!"

„Oh ja, Papa, bitte mach das!"

Primo marschiert mit Golina, Kolle und Margi zur Mauer.

„Oh, wie hübsch!", sagt er laut.

„Ja, wirklich erstaunlich!", meint Kolle.

Die Frauen sehen sich fragend an.

„Ihr habt recht", sagt Golina, nachdem sie begreift, was Primo vorhat. „Diese Mauer ist wirklich schön! Und so stabil!"

„Aber wie stabil sie wirklich ist, wissen wir doch gar nicht", wendet Margi ein. „Das müsste man erstmal testen."

„Ich wette, sie ist so stabil, dass nicht mal Kolle ein Loch dort hineinschlagen könnte", behauptet Primo.

Kolle läuft grünlich an, was zeigt, dass er wütend ist. Natürlich ärgert er sich nicht über Primos Bemerkung, sondern über die Mauer selbst.

„Ich ... kann es ja mal probieren“, sagt er, holt aus und schlägt gegen die Mauer.

Die Wucht seines Schlags ist so stark, dass mehrere Steinblöcke zersplittern und eine mannshohe Öffnung entsteht. Ehe Nummer Dreiundzwanzig reagieren kann, ist Primo auch schon hindurchgeschlüpft.

„Alarm!“, schreit Primos großer Bruder. „Alarm! Der Schutzwall wurde durchbrochen! Ein Dorfbewohner ist in Gefahr!“

Sofort stürzen von allen Seiten Golems herbei.

Primo rennt zum Fluss. Kurz, bevor ihn einer der Golems erreicht, springt er ins Wasser. Die Golems, die Wasser nicht durchqueren können, bleiben am Ufer stehen.

„Komm wieder zurück!“, ruft einer von ihnen. „Du bist in großer Gefahr!“

„Ich will mit Nummer Null sprechen!“, sagt Primo. „Vorher komme ich nicht aus dem Wasser.“ Um den Golems ein bisschen Angst zu machen, fügt er hinzu: „Aua! Mich hat gerade ein Fisch gebissen! Ich glaube, ich bin hier wirklich in Gefahr! Schnell, holt Nummer Null, bevor ich sterbe!“

Die Golems geraten in Aufregung. Einer von ihnen rennt am Ufer entlang in Richtung der Höhle unter dem Dorf. Nach einer Weile kommt er in Begleitung eines weiteren Golems zurück.

„Was ist denn hier los?“, fragt dieser.

„Der Schutzwall wurde durchbrochen, und dieses Individuum ist entlaufen, Nummer Null“, sagt einer der anderen Golems. „Es weigert sich, aus dem Wasser zu kommen, und sagt, es will mit dir sprechen. Wir machen uns große Sorgen um seine Sicherheit.“

„Ihr Schwachstrombirnen!“, schimpft Nummer Null. „Wieso habt ihr ihn nicht aus dem Fluss geholt?“

„Weil das Wasser so nass ist, Nummer Null.“

„Hm, auch wieder wahr. Na schön, was willst du?“

„Die Mauer muss weg!“, fordert Primo. „Und ich will gehen, wohin ich will, ohne dass Nummer Dreiundzwanzig ständig hinter mir her latscht. Außerdem will ich meine Rüstung und meine Waffe wiederhaben. Und Paul, unseren Wolf.“

„Abgelehnt“, erwidert Nummer Null. „Abgelehnt, abgelehnt und nochmal abgelehnt. Deine Wünsche gefährden deine Sicherheit. Sicherheit geht vor.“

„Aber was nützt mir Sicherheit, wenn mir das Leben keinen Spaß mehr macht?“

„Das ist nicht von Belang. Mein Auftrag lautet, für die Sicherheit der Dorfbewohner zu sorgen, und das tue ich. Etwas anderes interessiert mich nicht. Und jetzt komm endlich aus dem Wasser, bevor du dich noch erkältest. Ich muss wieder in die Produktionsstätte.“

„Ich denke ja gar nicht daran", sagt Primo und verschränkt trotzig die Arme vor der Brust. „Ich bleibe hier drin, bis meine Forderungen erfüllt werden!"

Nummer Null wendet sich an die anderen Golems. „Schüttet den Fluss mit Sand zu, und dann holt ihn da raus und nehmt ihn in Sicherheitsverwahrung!"

„Jawohl, Nummer Null!"

Primo muss hilflos mit ansehen, wie die Golems Sandblöcke in den Fluss werfen und auf diese Weise links und rechts von ihm einen Damm errichten. Im Nu haben sie ihn erreicht. Einer der Golems – ob es Nummer Dreiundzwanzig ist, kann man nicht erkennen – packt ihn mit seinen Metallarmen und hebt ihn aus dem kleinen Rest Wasser, der noch vom Fluss übrig ist.

„Lass mich runter, du Grobian!", schimpft Primo, doch der Golem hört nicht auf ihn, sondern schleppt ihn an der Mauer entlang zur Wiese neben der Schlucht.

„He, was soll das?", fragt er. „Wohin bringst du mich?"

„In Sicherheit", antwortet der Golem.

Er trägt Primo zu einem würfelförmigen Gebäude aus Eisenblöcken, das neben der Schlucht steht und nur eine einzige Tür hat, ebenfalls aus Eisen. Das Haus erinnert Primo fatal an die Gefängniszellen im Haus des Grafen. Der Golem stößt ihn hinein, schließt die Tür und stellt sich davor. Wie Primo schon befürchtet hat, gibt es innen keinen Öffnungsmechanismus.

„Lass mich raus!“, ruft er. „Du hast kein Recht, mich hier einzusperren! Ich will sofort Nummer Null sprechen!“

„Negativ. Nummer Null ist beschäftigt. Keine Angst, du bist hier in Sicherheit.“

„Aber ich will zu meiner Frau und meinem Sohn! Dort bin ich auch in Sicherheit!“

„Nummer Null hat Sicherheitsverwahrung angeordnet. Das ist noch sicherer.“

„Sicherer? Wieso sollte es hier drin noch sicherer sein als im Dorf, mit all den Golems und der Mauer drumherum?“

„Nicht sicherer für dich, sondern für die anderen.“

„Für die anderen? Willst du damit etwa sagen, dass ... dass ich eine Gefahr darstelle?“

„Korrekt!“

„Aber das ist Unsinn! Ich bin schließlich der Dorfbeschützer!“

„Jetzt nicht mehr. Das Dorf beschützen jetzt wir. Es ist erwiesen, dass wir das besser können als du.“

Primo fällt nichts ein, was er darauf antworten könnte. Denn im tiefsten Inneren seines Herzens weiß er, dass der Golem recht hat. Er hat das Dorf immer wieder in Schwierigkeiten gebracht, zuletzt mit der Schleimkatastrophe. Vielleicht ist es ja doch ganz gut so, wie es ist. Wenigstens sind Nano, Golina und die anderen jetzt in Sicherheit.

Frustriert setzt er sich in eine Ecke. Bei seinen Abenteuern ist er oft in irgendwelche Räume eingesperrt worden. Bis jetzt ist er jedes Mal wieder daraus entkommen. Doch diesmal scheint die Situation wirklich ausweglos. Wie soll irgendjemand gegen diese Unmengen von Golems ankommen?

Es scheint, als sie dies endgültig das Ende seiner Abenteuer.

ENDE

Halt! Stopp! Ist das wirklich das Ende?

Nein, natürlich nicht! Ob es Primo gelingt, das Dorf am Rand der Schlucht von der Tyrannei der Golems zu befreien, erfährst du in „Das Dorf Band 13: Schwamm drüber“.

Hinweise zum Erkunden der Schauplätze dieses Buchs in Minecraft (PC-Version)

Wenn du beim Spielstart den Seed 100200300400500 eingibst, kannst du die Schauplätze in diesem Buch in der PC-Version von Minecraft besuchen. Die Koordinaten in der folgenden Tabelle helfen dir dabei.

Ort	X	Y	Z
Die Höhle	-499	65	-347
Das Wüstendorf	-135	71	-954
Ruunas Hütte	299	64	-1821

In diesem Buch bist du der Held!

Der junge Nano träumt davon, eines Tages ein großer Abenteurer zu werden wie sein Vater Primo. Als das Ferkel Pixel vom Blitz getroffen wird und sich in einen Zombie-Pigman verwandelt, beschließt er, ihn zusammen mit seiner Freundin Maffi in den Nether zu begleiten. Nanos erstes großes Abenteuer beginnt ...

Nanos Abenteuer ist das erste interaktive Abenteuer-Spielbuch in der Welt von Minecraft! Es ist in 333 Abschnitte unterteilt. Am Ende jedes Abschnitts entscheidest du, wie die Geschichte weitergeht. Aber Vorsicht: Überlege genau, welchen Weg du wählst, denn in Minecraft lauern überall Gefahren!

25744763R00087

Printed in Poland
by Amazon Fulfillment
Poland Sp. z o.o., Wrocław